山中恒儿童成长小说

哎呦，老妈

【日】山中恒 著

叶荣鼎 译

时代出版传媒股份有限公司
安徽少年儿童出版社

著作权登记号:皖登字 12161673 号

图书在版编目(CIP)数据

哎呦,老妈/[日]山中恒著;叶荣鼎译.—合肥:安徽少年儿童出版社,2017.5
(山中恒儿童成长小说)
ISBN 978-7-5397-8837-1

Ⅰ.①哎… Ⅱ.①山…②叶… Ⅲ.①儿童小说–长篇小说–日本–现代
Ⅳ.①I313.84

中国版本图书馆 CIP 数据核字(2017)第 038951 号

SHANZHONGHENG ERTONG CHENGZHANG XIAOSHUO AIYOU LAOMA
山中恒儿童成长小说·哎呦,老妈

[日]山中恒 著
叶荣鼎 译

出 版 人:张克文　　　　责任编辑:王卫东　潘 昊　　责任校对:张姗姗
封面插图:经纶图文　　　　责任印制:田 航
出版发行:时代出版传媒股份有限公司　http://www.press-mart.com
　　　　　安徽少年儿童出版社　E-mail:ahse1984@163.com
　　　　　新浪官方微博:http://weibo.com/ahsecbs
　　　　　腾讯官方微博:http://t.qq.com/anhuishaonianer（QQ:2202426653）
　　　　　(安徽省合肥市翡翠路 1118 号出版传媒广场　邮政编码:230071)
　　　　　市场营销部电话:(0551)63533532(办公室)　63533524(传真)
　　　　　(如发现印装质量问题,影响阅读,请与本社市场营销部联系调换)
印　　制:安徽国文彩印有限公司
开　　本:880mm×1230mm　1/32　　印张:8.125　　字数:109 千字
版　　次:2017 年 5 月第 1 版　　　2017 年 5 月第 1 次印刷

ISBN 978-7-5397-8837-1　　　　　　　　　　　　　定价:18.00 元

日本现代儿童文学鼻祖
"一代大文豪"—— 山中恒

叶荣鼎

最近，安徽少年儿童出版社出版了我翻译的日本现代儿童文学鼻祖山中恒的"山中恒儿童成长小说"，这是日本小读者们身心健康成长的"心灵鸡汤"。译者深信，这套"山中恒儿童成长小说"也将同样在中国的大江南北受到广大孩子、家长和教师的青睐，广为流传。

山中恒，1955 年 3 月毕业于日本早稻田大学第二文学部艺术系戏剧专业，现为日本儿童文学家协会会员、新日本文学会会员、日本广播作家协会会员，被誉为日本儿童文学界著名优质高产作家。山中恒大学三年级时，日本儿童文学出版形势严峻，只出世界名著,加之漫画流行,以致创作的儿童文学作品几乎无人问津。当时的儿童文学作品与传统儿童文学作品一脉相承,围绕人生哲学观的创作理念根深蒂固,通篇说教。对此,山中恒与另两位儿童文学作家以及儿童文学评论家鸟越信、古田等同窗好友联合组建的"小伙伴俱乐部"童话会,预感到日本创作儿童文学作品正在走下坡路的危机,于是揭竿而起,掀起了声势浩大的"在少年儿童文学旗下宣言"的新儿童文学运动。

其间,他挑灯夜战,把漫画的趣味性融入到文字里,全身心投入创作让小读者感动的儿童文学作品。功夫不负有心人!终于,长篇儿童文学处女作《红毛小狗》犹如日本儿童文学界的一轮红日,横空出世。于是,日本战后的新型儿童文学扬帆起航,展示了划时代意义的重大转折。由于作品脍炙人口,从创刊号开始刊登,一共连载了 22 期。这在日本儿童文学界引起了不小的反响,受到了老一辈儿童文学作家的特别关注和好评,山中恒成为当时日本儿童文学界的一颗璀璨新星,荣获了日本儿童文学最具权威的日本儿童文学家协会的新人奖,并且被破格吸纳为该会的会员。这成了日本儿童文学界流传甚久的佳话。

60多年里,山中恒总是把节假日理解为创作日,把创作理解为周游儿童文学世界。他曾在广播电台工作过,昼间忙得不可开交,晚上回到家里还是顾不上休息,时常挑灯夜战,像辛勤的园丁那样不知疲倦地在儿童文学这块肥沃的土壤里不懈耕耘、默默创作。60多年来,他前后创作了200多部经久不衰的畅销长销的儿童文学作品,巧妙地融会贯通了有趣、幽默、幻想等最大限度激发孩子读书欲望的亮点。山中恒先后荣获了日本儿童文学新人奖、讲谈社儿童文学新人奖、日本第三届儿童福利文化奖、日本儿童文学家奖、产经儿童文化出版奖、第一届岩谷小波文化奖、第31届野间儿童文学艺术奖等,深受日本小朋友读者、家长读者和小学教师读者的爱戴。

纵观和分析日本现代儿童文学鼻祖山中恒大文

豪创作的"山中恒儿童成长小说"，主要围绕素质教育，引导孩子积极向上，是推动社会发展的优秀健康"精神食粮"。通过一部部生动活泼的儿童文学作品，让小读者在愉快、轻松和有趣的阅读过程中理解作品的寓意，潜移默化，懂得怎样做人、怎样帮助和爱护其他同学、怎样珍惜同学之间的友谊。同时，他的儿童文学作品还有两个特点，一是容易讲述，容易记住，容易传开；二是故事性强，可读性强，知识性强，趣味性强，教育性强。因此，他的儿童文学作品就像一朵朵美丽的花，在日本儿童文学界建造了一座座靓丽的花园。小读者们看了他的作品都会感到亲近，回味无穷，能在津津有味的阅读过程中学会如何辨别是非。所以，他的作品是小读者及其家长首选的儿童读物之一。在日本的小学生中，有不计其数的"山中恒粉丝"。在日本国内出版他作品的出版社，有近30家。

此外，山中恒与江户川乱步、大江健三郎等许多大作家一样，站在反战最前沿，用笔控诉战争带给人民的无尽灾难。山中恒撰写的《红鞋子》与《我们是少年国民》等十多部反战纪实文学作品，详细描述了孩提时代的所见所闻、日本侵略战争给普通百姓带来的苦难。

他借助拥有大量读者粉丝的优势，到全国各地举办反战演讲，还曾先后来到中国北京的卢沟桥、重庆的校场口、南京的大屠杀遗址、上海和沈阳等地进行实地考察，深入了解当时日本侵略军在中国犯下的滔天罪行。

前些年，山中恒撰写的《战争与日本历史》和《战争与靖国神社》，在日本拥有许多读者，还是许多学者研究日本历史不可或缺的重要资料。为了撰写上述两部作品，他和妻子山中典子去了日本国内许多地方，走访了许多当年经历过战争的人，查阅了大量的珍贵历史资料，收集了许多珍贵的照片。他反对侵略战争与宣传和平的演讲足迹，几乎遍布日本全国。他说，剖析当年日本侵略战争给本国国民与中国、韩国等国造成的灾难,把它告诉给广大读者,跟读者们一起遏制侵略战争,是作家义不容辞的神圣责任。

正如前面所述,笔者坚信:这套"山中恒儿童成长小说",皆系颇有名气的畅销书和长销书,典型地展现了作者刻画孩子内心活动与烘托孩子喜欢有趣、幽默、幻想等心理特征的创作风格。笔者深信:上述作品一定会受到我国广大青少年读者、教师读者和家长读者的喜爱,在中国的大江南北流传开来。

目　录

老妈的眼泪不可靠

首先自我介绍一下。

我叫濑间元太郎，这名字听起来酷似江户时代勇敢的武士。听人说，老妈在我出生时给我起的名字叫年明，这遭到了老爸的激烈反对。他的反对也不无道理，因为老妈的初恋情人叫年明。

小时候老妈哄我睡觉的时候，常常会一边温柔地叫着"年明，年明"，一边用陶醉的目光看着我，她的嘴唇还不时地凑到我的脸上一个劲地亲吻。要是

这般情景给老爸看见了，不晓得会有什么样的情况发生呢。

老爸可是个大好人，只不过心眼小点儿，气量窄点儿罢了。他只要脾气一上来，全身的血液就会呼地涌上脑门，什么都顾不了啦。要是让他看见老妈把我当成初恋情人的情景，他肯定会醋意大发，并把怨恨全撒在我的身上。还好，在老爸的坚决反对下，"年明"这名字总算没有在我身上扎根。我能这样完好无损地活到现在，真是托了"元太郎"这名字的福。也正是这样的原因，我打心底感激它，喜欢它。

老妈当初想以初恋情人的名字给我取名，按理说应该是喜欢我的才对。但在我出生到现在的十二年里，压根儿就没听她说过让我舒心的好话。我已经是六年级学生了，跟这样的老妈在一起生活，我也只能得过且过凑合着生活了。不过在女生群儿里，我还是很有人缘的，但凡跟我打过照面的女生，没有一个脸上不挂笑容的。应该这么说吧，本人自

我感觉相当的不错。可是，老妈对此嗤之以鼻，听到这些，她不屑地说：

"哼！瞎说什么！女孩子朝你笑，那是因为你长得有问题。瞧你那模样，跟捉迷藏时戴着破烂面具一样，没想到你还自我感觉好得不行，我都替你脸红！"

要说我这个人呢，也不是一盏省油的灯。自尊心受到打击后，我也对老妈进行了严厉的反击：

"怎么那么说呢！生我到这世界上的人是谁？还不是老妈你嘛！今天学校里上社会课时，我们老师还说了，企业对自己制造出来的产品不爱惜和不负责任，这是不能容忍的可耻行为！"

冷不防，生气的老妈拿起手里正在折叠的衣物朝我扔了过来。我一伸手，使出自己漂亮的接球杀手锏，啪的一声稳稳接住，定睛一看，那是老妈的袜子。

"看看你的臭袜子！"我嬉笑着说，还以为她会谢我呢。我准确无误地接住了"球"，从而避免了一

起干净袜子掉到地上被污染的"严重事件"。没想到老妈凶神恶煞似的瞪着眼睛朝我狂吼：

"滚蛋！别再让我看到你，浑小子！"

我高兴得一溜烟似的跑掉了。每逢这种场合，为了双方之间的和谐，最好别继续在一块。就我本人来说，与其在老妈身边被指责和数落，倒不如去外面溜达要轻松得多。可是最近，六年级学生一般不能在外面逛街。因为独自一人游逛时，稍不留神就会被家长老师联谊会的校外辅导员逮住，而后受到严厉的盘问。例如"说说逛街的理由"等，分分秒秒都伴有危险。

可是，我怎么会跟老妈如此水火不容呢？记得有一天，老妈跟隔壁的阿姨抱怨："这小子和我大概是前世的冤家。"现在我们母子之间的关系，也许就是她说的那么回事！然而，我既然是老妈视如生命的独生子，应该备受宠爱才是。可偏偏她一见我，除了发牢骚就再也没有其他事可干。难道我的脸上写着"请发牢骚"四个字吗？

　　我在外面逛了一个大圈回来，看见老妈还是像平时那样跟邻居中川阿姨在闲聊。中川阿姨用煞有介事的声调说：

　　"总而言之呀，那孩子酷爱学习，根本用不着大人在屁股后头盯着。据说，反倒是他父母看到他学习那么刻苦，心疼得不得了。"

　　"啊呀呀，那他真是个好孩子，我可要让我们元太郎跟他多少学着点儿，那孩子平时不贪玩吧？"

　　"是的呀！"

　　"哎呀呀，羡慕死人啦，我家元太郎总是贪玩。哎，他的父母是谁呀？"

　　"嗯……是山上吧，那孩子跟你家元太郎应该是一个班的。"

　　中川阿姨说的那个人，的确是我们班上的，他叫山上金。那家伙从小就开始死读书了，从上一年级开始每门课成绩均一直保持在 90 分以上。但他的其他方面就不怎么样了，爱强词夺理，说话含糊不清，爱跟女生套近乎儿。男生都不太喜欢他，逢开班

务会,他总是装腔作势,还爱拍老师的马屁。说心里话,我也不喜欢他。

吃晚饭时,老妈偏偏又提到了这个人:

"哎,元太郎,妈妈希望你跟山上金多相处相处,你如果同意,我主动找他说说。"

开什么玩笑!我是六年级学生,跟谁交往应该由我自己决定。要是想跟他交往,我自己找他就是了。

"我可不要你那么做,我根本不喜欢他那样的书呆子、分数迷。"

"别吃不到葡萄说葡萄酸!还没有和人家交往你怎么知道?好了,别在背后说人家的坏话!总之,你要试着跟学习好的同学交往!俗话说,'近朱者赤,近墨者黑。'人啊,与什么样的同学交往很重要,与差学生交往就会变成差学生,与好学生交往就会变成好学生。"

显然,老妈是在指责,说我交往的同学在学习上都不怎么样。要说我现在交往的同学,论成绩确

实都没有山上那么好，但是他们不傲气，有亲和力，我们在一起玩儿会很开心。至于我学习不好，其责任并不在于我的这些同学，而是在于我和老妈之间关系的水火不容。

老妈又在威胁我了：

"听着！明天一定要把山上带来，我会买好吃的蛋糕招待你们。你要是再敢把我的话当成耳旁风，看我怎么好好收拾你！"

对于这个坏脾气的老妈，我也没辙儿。其实山上又不是幼儿园小孩儿，蛋糕什么的对他根本没有什么吸引力。至于学习上嘛，我自己会赶上去的。但是对于老妈的过分干涉我也无可奈何。

第二天，我心乱如麻，脑瓜子里总想着该如何邀请山上去我家。这家伙好像觉察到了我的心事！他用满腹狐疑的目光看着我。因为我从来都没有和他这么套近乎过，更不用说请他去我家啦，我怀疑自己到时候是否说得出口。还有，这邀请并不是我诚心诚意的。恐怕我这非诚意的邀请，很难得到人

家肯定的答复。山上瞪大眼睛上下打量着我,问道:

"去你家? 做什么呀!"

被他这么一问,我不知如何回答是好。

"不管做什么都行,因为我老妈要见你!"

"见她干什么呢! 这不是浪费时间嘛。"

"话是不错。不过,偶尔见见我家有趣的高级动物,也许能给你起到散心的作用吧?"

"有趣的动物? 怎么,你家养宠物啊?"

"你理解错了! 我是说我老妈啊! 人不也算是高级动物嘛! 你都不知道! 我老妈都成了你的粉丝啦,她对你可是崇拜得不得了。"

"你说什么?"

"我是说,我老妈一定要我跟你这个成绩好的优秀学生交往,要我从你身上学一点东西。"

"你妈妈真是那么说我的吗?"

山上觉得自己受到了抬举,脸上浮现出说不清楚的复杂表情。

"是呀,所以你无论如何要去露个面。要是不想

我老妈再麻烦你的话，你见到她时，一定要多说一些令人不快的话，使她对你失去兴趣，就不会再邀请你啦。"

"那你会给我什么好处呢？"

山上这家伙具有唯利是图的"特点"，并能迅速准确地判断利害得失的关系。例如对老师布置的家庭作业，据说如果不给他好处，他绝不会让你免费抄写。眼下，他正目不转睛地看着我诡秘地笑。他这样的表情最难对付，因为这肯定预示着有什么阴谋。那么，给他什么报酬才能让他乖乖去我家呢？

"喂，你不是有一张东京奥林匹克邮票吗？要是你答应把那枚邮票给我，我就去。"

"闭嘴！那邮票我只有一枚。"

"那好，你要是不给我，等我上你家后我会唆使你妈加倍地严格管教你。我要对她说，按照我说的办法管教的话，元太郎的所有功课肯定都能获得优异的成绩。"

这浑小子真讨人厌！居然有这么恶毒的计划。

他要是这么一说，像我老妈大脑这么单纯的人说不定真会言听计从，按他说的办法管教我。那样的话我可就惨了，那就不是一枚邮票的问题了，今后的日子肯定没法过了。无可奈何，我只能忍痛割爱表示同意。

"好吧好吧。我把邮票给你，但是你不能再给我老妈出什么阴招啦。"

"好的,你放心吧！"

达成不平等的协议后，艰难的谈判总算有结果了，可是我的损失确实也惨得出乎自己意料。那个臭小子的记忆力好得让我佩服！要知道我在同学面前显摆那枚东京奥林匹克邮票已经是两年前的事啦。

那天放学回家的路上,我遇到老爸。

老爸在百货公司上班，工作不是面对面地为顾客提供服务，而是修建部门的装饰技工。因为公司里有急事，于是今天放弃休息加班去了，但是现在这么早就下班回来，估计这是没有报酬的义务加

班。然而，他表面看上去好像不是那么回事，一看到我就冷不丁地问：

"喂，那优等生的事怎样了？"

"优等生？"老爸这话好像是核实山上是不是来我家。

"啊啊，你是问山上吧？说好了，我等一下去接他到我们家来。"

"那太慢了！别再等一下了，现在就去把他接过来吧，就现在！书包我帮你带回去。"

"你怎么这么急呢！太早了吧？"

"浑小子！事不宜迟嘛。既然是好事，没有什么太早不太早的。快去！"

老爸这种急性子真是害人害己，他年轻时要不是急性子的话，就不会草率地跟老妈结婚成家啦。

"不过，来不来，也要看他是不是有空。还有，山上跟我不是同一类人，他是一到家就立刻全力以赴做功课的人。我就是现在去接他，估计他也难以抽出时间哟……这样吧，给我一百块钱，让我买块巧克

力什么的消磨一点时间。"

"浑小子!"

我敏捷地闪开,反正摊上了一个小气吝啬的老爸,他是不可能痛痛快快拿出一百块钱给我的。可是,就这样回到家里肯定会被老妈使唤收拾这个打扫那个,忙得分不清东南西北。于是,我赶紧把书包交给老爸朝山上家走去。

山上上下打量着我,嘴里嘟嘟哝哝地发牢骚:"我根本就忙不过来,可你还……"他一副无可奈何的样子,说:

"真麻烦!"

"怪我不好。"

我死乞白赖地央求他,现在特殊时期,无论如何不能硬顶撞,总之只要能把他哄到自己家就好。

可是回到家里一看,我吓了一跳,老爸居然身穿接待重要客人的和服,表情像稻草人那般僵硬呆板;老妈则按她自己的习惯,身着外出做客的连衣裙,脸上竟然还化了妆,一本正经的表情简直像我

不认识的"陌生女人"。我真是服了他们啦。

说起这般情景，以前也有过一次。记得五年级的时候，我所在小组要总结社会调研情况，女生们都来我家讨论。那天，老妈和老爸也是穿着接待重要客人的服装，一副公公婆婆迎接新娘上门时的表情，恭恭敬敬地坐着。女生们见状感到非常尴尬和拘束，不一会儿就都回家了。他俩眼下又开始故技重演了，根本就没有吸取上次的教训。真拿他们没办法！

说心里话，老爸肯定不想打扮得这么装模作样，如果有那工夫还不如泡网吧呢。这么一脸的僵硬表情，我想他肯定是受到老妈的严厉训斥后才这样的。老爸的神情好像在说，只有你老妈不在家，这家里才是天堂。

一看到山上，老妈就开始嚷嚷起来啦，那声音仿佛含着薄荷的芳香，犹如黄莺在我们头顶上啼叫。

"啊呀呀，请进！你就是山上吧！呵呵呵……好

呀，好呀，请，请，请到里屋，请到里屋。哎哎，请，请！"

再怎么说"请到里屋"什么的，我家也只不过是十平方米的客厅和七点五平方米的卧室再加一间厨房罢了。像老妈这么几次三番地说"请到里屋"，客人要是稍不留神也许会撞破墙壁走到邻居家的壁橱里去。

山上不愧是山上，带着一副漠然的表情走到房间里。

"山上同学，元太郎能经常得到你的帮助，真是太谢谢你了。"

老妈反复思考后，完全像接待老师家访那般对他说着问候的话。

"没那回事。我平时很少跟濑间这样的同学说话。"

山上高傲地说。老妈一时语塞了，眨巴着眼睛不知说什么才好。我急忙从旁边插嘴喊道："是的，是的。"

老妈仿佛要张嘴咬人似的，瞪大眼睛望着我。

"那个……山上，听说你学习成绩非常优秀。"

老妈又在说无聊的话了。其实，这种场合说话是需要稍稍看看对方的眼神的，山上只用余光扫了老妈一眼，就说：

"优秀？无论什么人，只要下定决心都能做到。因为那不是什么'学踩钢丝和学说外语'。不过，要是爸妈小时候读书不用功，那孩子也不会用功到哪里是吧？"

"对！对！对！"

我立即附和着。老妈不由得满面通红，显然她小时候学习成绩也不怎么样。

我向山上示意，希望他就这么说下去。于是，山上趁机开始滔滔不绝地演说起来：

"通常，父母对自身情况不了解！有的家长自己小时候读书就不怎么样，却强迫孩子拼命读书……如果孩子比他们聪明许多倍，跟他们顶撞，那他们就十分难受了！如果孩子孝顺爸妈，什么都按他们

说的做，也了解他们小时候的学习情况，学习是不会用功的。"

老妈目瞪口呆地看着老爸。老爸到底是一家之主，他一直用钦佩的目光看着山上并频频点头。老妈大声咳嗽着警告老爸，老爸这才注意到自己失态，赶紧恢复刚才一本正经的表情。老妈毕竟是女人，尽管感到后悔，但是为了做家长的尊严，硬是找碴说了不符合逻辑的话：

"可是，山上，小孩子就是应该努力读书的呀！"

"你说什么？孩子不读书就不是孩子了吗？读书用功也好，不用功也好，孩子就是孩子。另外，你说小孩子就应该努力读书，这规矩是谁定的？是我们小孩子定的吗？不是吧，那么如果是大人定的，那只是他们单方面的主观臆想而已。"

"对对对！"

"可……可……可是，你……你……你不是听爸爸妈妈的话才读书用功的吗？"

因为我也在跟前，老妈无论如何也不愿意就这

样善罢甘休。山上"扑哧"一声笑了起来,一副让人厌恶的嬉笑模样。

"我是从邻居中川那里听说的:爸爸妈妈就是不管,你也还是拼命读书,这让他们很是心疼。"

"所以,我讨厌他们!"

山上愤愤不平地说。正是因为用这样的语气,老妈诧异地瞪大眼睛。

"阿姨,我实话告诉你吧!"

山上探出上身,正面对着我的老妈。

"嗯……嗯嗯,你说。"老妈惊讶地催促道。

"我说了你也许不信,在我们家,成绩单上只要每门课都在 90 分以上,我就可以每个月领到五百元零用钱。到现在因为都在 90 分以上,我一共领到了四千元零用钱。我爸爸妈妈就是用钱来刺激我用功读书的。但是跟别人说我的时候,他们根本就不提这回儿事。我想,你们家要是采用每上去 20 分就增加一百元零用钱的办法的话,元太郎肯定也会努力学习的……"

"对对对！"我频频点头说道。

可是老妈不为所动，一声不吭。老爸背朝着他俩，手指仿佛搓污垢那样在颈脖子那里上下搓来搓去，山上毕竟少年老成，脸上不露声色，硬着头皮大口喝完端给他的红茶，吃完端给他的蛋糕后回家了。

我在公园与山上见面，按照事先约定给了他那枚邮票。山上接过邮票连"谢谢"也不说一声，相反还奚落我说：

"我算服你妈妈了，哎呀，算是天底下最差劲的妈妈了吧。在这样的老妈管教下，你也活得够不容易的！"

"是啊，是啊！"

"你爸妈坐在跟前，我们什么话也不能说太绝了，要是再遇上什么叫我好了！不过，下一次叫我帮忙的话，再给我一枚札幌冬季奥林匹克纪念邮票吧！"

山上太过分了，我紧绷着脸说："我不会再叫你

帮忙啦。"

说心里话，我很讨厌山上的态度。这还有一个原因，说来也奇怪。我平时再怎么把自己父母说得一无是处，心里也没觉得怎样。可是如果是从别人嘴里听到对他们的指责，就像自己受到别人指责那样心里非常不舒服。于是，我朝着藏在公园暗处我的小喽啰们悄悄使了个暗号，山上没有察觉到，他得意扬扬，笑嘻嘻地朝公园外面走去。那群小孩子很是兴奋，他们从后面跟着山上。我坐在公园的浪木上消磨时间。片刻后，他们回来把邮票递到我手上，正是我刚才给山上的那枚东京奥林匹克纪念邮票。他们好像是通过找碴从山上身上夺回来的。

"谢谢啦，谢谢你们啦！"说完，我笑着回家了。

回到家里，看见老爸和老妈正在交谈，脸上表情认真。

"是呀，这个好学生让我们太震惊啦！那样的说话语气，他父母怎么能受得了呢。"

老妈数落说，我也推波助澜：

"是啊，那家伙还说我老妈坏话呢！什么'我算服了哟！你的老妈，哎呀，是世界上最差劲的妈妈。在这样的老妈管教下，你会非常难受的！'"

老妈听了这话暴跳如雷：

"哎呀，他为什么要说我的坏话？他那么说我，你居然不吭声害怕得逃回家了？"

"怎么会呢！我让他吃苦头了！脸难看也好，大脑笨也好，天也好，地也好，我只有一个老妈，老妈是我生命中最重要的。老妈被人说得一无是处，我决不可能退让！"

我趁机添油加醋，原以为老妈会大声斥责我，可是她扑过来使劲抱住我的肩膀说：

"元太郎，妈妈一直觉得你是诚实的好孩子。比起那个令人讨厌的优等生，我觉得还是你这样更单纯可爱些！"

老妈说这番话时热泪盈眶。可是，我知道她的眼泪是根本靠不住的。我得核实她流的眼泪是真情还是假意：

"既然我这么好，那就给我一千块钱作为奖励吧！"

"浑小子！"老妈冷不防一把推开我，瞪大眼睛恶狠狠地看着我。所以说，老妈的眼泪是靠不住的，我必须多长一个心眼。

意 外 之 财

在放学回家的路上，我和义介在一起。他姓田
村名叫义介。这个人真的是像名字那样重情重义，
他说话从来算数，因此我也只信他一个。听说，他家
准备养附有血缘证书的日本犬。

"哎，什么时候开始养呢？"

"马上养是不可能的。但是听说那条母犬快要
生产了。犬崽一出娘胎就可以领养了。"

"要是生下犬崽的话也给我一条，好吗？"

"当然可以啦！但是你一定要用心养啊！你现在就准备，先搭一间小犬屋吧。"

"好！"我早就想试着养一条宠物狗了，并且一直觉得耳朵挺拔的日本犬不错。因为欧洲犬杂交的种类多得遍地都是，可是很少见到附带血缘证书的日本犬。如果手牵着竖着耳朵的日本犬散步，自己一定看起来非常神气。所以要精心训练好日本犬，让它不管什么都按我说的做。我大脑里就这么想象着回到家里，冷不防被老妈吼道：

"浑小子！你想不脱鞋就进屋吗？"

我吓了一跳，急忙返回换鞋间脱下鞋子，重新望着老妈。

"你怎么啦，脸上气色不好还那么笑眯眯的。"

老妈害怕地看着我。可能是我大脑里在想象驯犬时的情景，以致脸上情不自禁地现出笑容。

"那个……老妈。"

"什么呀，你又要厚脸皮啦？"

"嘿嘿嘿……"

"听了这笑声就想呕吐！想说什么就直说好了。"

我觉得在这里把养日本犬的计划全盘说出来似乎不妥。突然，老妈一脸严厉的表情说道：

"我先拒绝，要钱没有！"

这样的回答真是讨厌。我这老妈教育孩子的方法，实在是水准相当低。假设儿子想要什么，她大脑里的思维马上就跟"钱"联系在一起。当然，这也是因为我经常死皮赖脸地问她要钱有关。尽管那样，还是一点也改变不了她。

"你先听我说嘛。"

"不行，我现在就出门，在你爸爸回来前你给我把门看好了。"

说完，老妈立刻走了。承蒙她外出，我觉得轻松许多，立即从仓库里拿来木板着手制作小犬屋。首先，组合木框架。这时，老爸回来了。

"喂，干什么呢？"

"嘿嘿，做好东西。"

"什么呀！给我看看！这种事情就交给内行的老爸吧！"

说完，冷不丁地把木板夺了过去。

"等等，老爸，你知道我要做什么吗？"

"这我怎么知道！哎，做什么？"

"给小狗做个住的房子。"

"小狗的房子？哎呀，这么寒酸的小房子大概只能用上半个月。小狗是不停地走来晃去的动物。哎，哎，要大点……咦！"

老爸把我刚开始做的小房子翻过来检查了一下，脸上立刻现出惊讶的表情。

"你瞧，里面净是铁钉。你想想，小犬每次进出就会像刨萝卜丝那样被铁钉划伤。"

说完，老爸瞬间把我刚开始做的木屋拆散了架，拿来角尺有板有眼地先画线条再制作。

"等等！老爸，是领养刚出生的小狗，不需要做那么大。"

"浑小子，小狗会很快长大的。它不是布娃娃。"

"那倒也是……可是老爸昨晚是上通宵班吧?你现在最重要的是睡觉! 过一会儿老妈回来会唠里唠叨发牢骚的。"

"别担心! 瞧,危险,别把手伸过来! "

"你别说了! 这是我的事情。"

"啰嗦! 回房间做功课去! "

如果公正评价,老爸还算是善解人意的家长。但是说得明白点,他又是个做事马虎的家长。终于,我被他赶回房间了。

房间里被子已经铺好,是老妈事先为上夜班回家的老爸铺的。我一骨碌钻进被窝躺下,起初并没有睡意,后来居然不知什么时候睡着了。

醒来时才察觉是老妈胡乱把我摇醒的。

"真拿你们没办法! 我家的两个男人在干什么呀? 上夜班回家的老爸,也是家里最重要的男人,却在做什么小狗的房子! 而一点也不缺睡眠时间的儿子元太郎,却大白天优哉游哉地躺在被窝里睡觉。哎,元太郎,老爸这时候要是不好好睡一觉,明天早

晨肯定会大发脾气的。"

老爸果然是不高兴的神情。老妈像剥皮那样脱下老爸身上的衣服,把他推到被窝里。

"哎,元太郎,谁同意让你养狗了?"

"……"

我有点困惑,不知该怎么回答。我事先没有想过饲养犬崽还必须经过他们的同意。

"你让老爸制作小狗的房子,那么说是不是把小狗藏在什么地方了?"

老妈张开鼻孔,好像要闻出狗身上的味道来,眼睛不停地扫视四周。

"你听好了!活着的小狗是长嘴巴的,是要吃食物的,否则会饿得慌。"

"嗯。"

"嗯什么呀!谁给它弄吃的?"

被她这么一说,我感到不知所措了。确实是老妈说的那么回事,谁给小狗弄吃的呢!这会儿,房间里静悄悄的什么声音也没有了。我去门口边看了一

下，漂亮的小狗房子已经做好，可是不知怎么回事，一股无名火涌上心头，我朝着小房子踢了一脚。真不愧是行家老爸制作的，它坚固结实，岿然不动。看着看着，我格外地悲伤起来，推出自行车去街上转了一圈后回到家里。

老爸睡得很香，老妈摊开报纸正在撕四季豆上的筋丝，一看见我脸上随即浮现出惊讶的表情，转眼间又微笑了。我不知道老妈为什么要笑，顿时慌了手脚。

"怎么啦？老妈。"

"不是我，是你怎么啦？"

"我没怎么呀？"

"那个……元太郎，你如果想做什么说说看！"

老妈猛然间说了通情达理的话，反而使我警惕起来。

"哎，元太郎，你有想做的事吗？"

当然有啦，有许多呢，不过说了也是白说，因为老妈不可能满足我的愿望。

"哎,有什么说说看！比如说希望老妈善解你的……"

我有点害怕起来了。

"怎么啦？妈妈。"

"那个……刚才跟你爸爸交流过了,他说有时候也要让元太郎做自己喜欢的事。平日里,你尽由着性子做自己喜欢的事,为这,我哇啦哇啦地没少数落你。这回是你爸爸这么说的,我心里也在想,要是光不准你这个不准你那个的,长期下去你也会变成浑小子的……今天要我说的是,妈妈相信你绝对不会成为坏孩子的。不过,要说你想做什么,其实我心里也清楚,为了配合你实现你的愿望,如果有要我帮忙的事,你尽管说好了！我尽可能帮你。"

"那好,先给我一千块钱好了。"

刹那间老妈不高兴了。这说明我说话方法欠妥。我是太想实现自己的愿望了,那是我心仪很久的微型汽车模型……刚才,如果说买那东西需要一千块钱就好了。

"说什么呀！开口就要钱，想要自己拿！"

老妈从围裙前面的口袋里取出钱包，冷不防朝我扔来。即便是老妈，我也觉得她态度不好。因为，她分明对我说了，如果有想要的东西就提出来，我也就老老实实地说了。偏偏……既然钱包扔了过来，机会难得！我马上取出一张一千块的纸币，把钱包朝老妈膝盖那里"嘭"地扔去，猛地转身朝门口跑去。

"这算怎么回事呢？浑小子！"

老妈声嘶力竭地吼道。她本来是不想给我这一千块钱的，准确一点儿说，她只是想跟我这个儿子套近乎。偏偏我就马上提到说要钱，这大大出乎她的意料，于是她的语气和态度变得粗暴起来。

我手里拿着一千块纸币，但是总觉得这么到手有点别扭，又悄悄来到屋后探听家里是何状况。

由于老妈刚才吼叫把老爸惊醒了，只见他正在嘟嘟哝哝地发牢骚：

"你突然大声吼叫把我吓醒了！"

"元太郎太没人情味了，太淘气了！俗话说，有

其父必有其子,他和你一样都是穷鬼。"

"什么意思啊？这么说,你是有钱人血统？"

"我没那么说！可他不是我家血统吧？"

"啊呀,你是想说你嫁错丈夫了是吧？岂不知是你自己抠门,小气,元太郎才会跟你变成了现在这个样子的。你就不能对他再大方点吗？"

"说什么呢！为维持这贫穷家庭,我必须精打细算过日子。我根本就不是吝啬鬼。我小气,那也是因为工资的三分之一都被你用在喝酒上了。"

"讨厌！"

老爸说完,一伸手把放在报纸上的四季豆全都倒在地上。一旦被驳得哑口无言的时候,他就会把气出在东西上。这是老爸的陋习。我摊开手上的一千块纸币,心想还是还给老妈吧！转而一想,这钱又不是我偷来的,是老妈说了"想要就自己拿",我才从她钱包里拿的。我踮着脚尖不让脚步发出响声,从门口边拽出自行车飞也似的朝文化商店骑去。我去那里是想买盼望许久的微型汽车模型。到了店

里，没想到原先一千块的售价，就最近几天工夫上涨到一千两百五十块。我不由得抱怨起来。

店主解释说，进价上涨了，只好加价销售。他还说，以前那批货是老式模型，价格也便宜。我失望了。要是再问老妈要钱，她肯定大发雷霆。商品价格上涨了，但是老爸工资没有相应增加。价格为什么要上涨呢？我也听说过，"因为原材料涨价了，因为人工费上涨了"之类的话。但是像这样下去，商品也许积压滞销卖不出去。

我回来的时候老爸已经睡觉，脸上一副若无其事的表情。老妈也像什么也没发生过似的在厨房里忙碌。我走进厨房，从老妈围裙袋里取出钱包，在她没有察觉前迅速把那张一千块的纸币放进去，再把钱包放到围裙口袋里。老妈表情奇怪地看着我，我装作什么也没有做似的朝桌子那里走去。但是，我能感觉到背后有她不可思议的目光。我坐在椅子上朝着空空的桌面，为了摆出学习的架势，从书包里取出语文课本放到桌上。

这时，我感觉背后有人，转过脸一看是老妈。

"有什么事吗？"

"你打算干什么？"

"不干什么，想看一会儿书。"

老妈用一种让我感到不快的眼光看着我问：

"哎，元太郎，出什么事啦？"

"没什么。"

"是不是发烧了？"

"没有啦！老妈，我倒想问你，你为什么老用那样的眼光看我呢？"

"因为你在做自己不喜欢的事，所以老妈有点担心。"

这时，理应还在睡觉的老爸猛地爬起来，大声吼道：

"喂，孩子他妈，你那说话方法不好吧！元太郎难得想看看书，你却泼冷水。元太郎，别介意你妈妈，只管看吧！你别当她在身边好了，就当她是一堆烂马铃薯躺在边上就是了。"

　　老爸的比喻说过了头，老妈当然不愿甘拜下风，用鼻尖哼哼地嘲笑老爸说：

　　"什么呀！你自己才是浸泡在水里的木乃伊呢！"

　　为了家庭和睦，我不看书了。我心里明白，老爸老妈要是再这样争执下去，很有可能会扭打成一团的。

　　"我不看书了！"

　　刹那间，老妈瞪起三角眼吼道：

　　"什么呀！好不容易看书了就不能停止！"

　　这时解围的人来了，是义介。

　　"元太郎！"

　　这时，老妈比我先跑到门口。

　　"元太郎正在看书呢，你能不能过一会儿再来？"

　　义介一脸惊讶的表情看着我。

　　"元太郎，你真的在看书吗？"

　　"不……想看呀……什么事……"

"我有话跟你说。"

"元太郎，你继续看书学习吧！"

老妈拽我回去，我没有搭理，走到换鞋间，换上旅游鞋。

"什么呀！你刚才不是要看书吗！不行！你必须看书！"

尽管那样，我还是从门口跑出去了。

"浑小子！元太郎，你这浑小子！"

老妈简直太不像话了。我想看书，她一脸不信的表情；我停止看书，她就大吼大叫。

这情况暂且放一下。义介一看见我就赔不是地说：

"那个……领养小狗那件事看来不行了。"

"为什么？"

"老妈说不行。"

"果然不出我所料。哎，怎么回事？瞧，小狗的房子我都做好了！"

我用手比画，有点夸大其词，带领义介看门口

边老爸制作好的小房子。

"你呀，这……我买下来吧？"

义介惊讶地看着小房子：

"这做得太好了！如果买，一万块有点儿贵了！没刷油漆，八千块吧？"

"你，真打算买吗？"

"不……啊，等等，五千块怎么样？"

不用说，我没意见。这东西放在这里碍手碍脚的，一看见它就感到心烦，无论我还是老爸心里都会不好受。如果卖给义介，老爸和我都会高兴的。

"五千块可以的！"

"那好，跟我来吧！"

义介跳到停在旁边的自行车上，我也立刻拽出自行车在义介后面跟着。

义介跟我不是同班，他把我带到六年级女生吉田绫子的家里。

"你在门口等一下！"

义介把脑袋伸到绫子家厨房里，滔滔不绝地跟

阿姨说着什么,然后跑到我站的地方说:

"她老妈说想看看实物。"

"可以!"

我和义介返回家时,周围光线已经暗淡。我跟义介两人抬着小房子,嗨哟嗨哟地跑着。我们把它搬到吉田绫子家的院子里,吉田绫子和她妈妈打开走廊上的照明灯,在灯光下仔细打量。

"嗯,做得非常好。是谁做的呀?"阿姨赞叹道。

"我爸爸。他是百货公司修缮部门的装饰技工。"

"哦,难怪会做得这么好!果然,专业师傅做的就是不一样。你们看我们那个!"

阿姨指着院子角落,那里摆放着看上去已经坏了的木箱,里面有一条小狗在蠕动。

"什么?那就是给小狗做的小房子?"义介惊叫道。

阿姨急忙把食指放在嘴上"嘘"了一声,可是已经迟了。

"是的，只要小狗能进能出就行了！"

说完，做这个小房子的叔叔走了出来，他是吉田绫子的老爸。叔叔看着我爸爸做的，佩服得直点头。于是，我又重复了一遍爸爸的情况，告诉他我爸爸是装饰技工。

"好啊！你好像很尊敬老爸是吧，你可要把他当心目中的偶像哟！"

"是！"

我精神抖擞地回答。像这般年龄的叔叔们，非常喜欢我们爽朗回答。他们一定是在我们这般年龄受到指点时说，只要精神饱满地回答就是好孩子吧？

这时，叔叔和阿姨交头接耳地说着什么，然后阿姨拿来钱包，给了我五张一千块的纸币。我把其中一张换成了零钱。

离开吉田绫子家，我给了义介五百块的介绍费。义介兴高采烈地回去了。

"你刚才去什么地方玩了？也不看书！"

我刚想说"我回来了",可是还没开口就遭到一顿数落。老爸和老妈已经在吃晚饭了。

"对不起!"

我真心诚意地道歉,老妈一脸扫兴的表情说:

"快去洗手吃饭!"

"好!"

我又精神抖擞地回答。

"哼!只是吃饭的时候才装得这么乖顺。"

我没有吭声,因为心里热乎乎的。我知道,明天早晨老爸又要为零花钱跟老妈争执不休。我想,到那时候悄悄递给老爸三千块,说我把小狗的房子卖给同学了。这么一来,老爸满足了,那我也可以用剩下的一千五百块买回微型汽车模型。

吃完饭我把脸尽量朝着桌子,因为看着老妈我会忍不住笑的,然而一旦被问起为什么笑,自己很有可能说漏嘴,袋里的四千五百块钱就会全部被老妈没收。

电视机前,老妈跟老爸在悄悄说着什么。

"孩子不会出什么事吧?"

"怎么了?"

"他又想看书学习了。"

"不会是在哪里吃了奇怪食物回家来的吧?"

"还是让他养小狗吧!"

我吓了一跳。假如突然改变计划,那可就没辙了,小房子售出的秘密就会暴露无遗。

"老妈,我不养狗了。"我急忙说,"它要吃,要喝,要拉,要叫,还要带它到防疫站打针,办户口什么的,又麻烦又花钱,所以我决定不养了!"

"呵,你打听那么详细啊! 那好吧,既然不养狗了,那就买件你喜欢的东西做补偿吧? 你以前不是说过想买什么吗?"

"我现在不要了。"

"元太郎,你怎么了? 你是不是又碰到什么不高兴的事了?"

"讨厌! 我根本就没遇上什么不高兴的事。我现在很幸福,真的!"

因为就是把微型汽车模型买回来，我还剩下两百五十块钱。我在思忖，这剩下的钱是不是给老妈……现在，我真的很幸福。

明信片惹来的麻烦

　　早晨，我一边心不在焉地吃饭，一边观察老爸老妈的表情。虽没有什么明确的理由，但不知为什么我就是讨厌上学。

　　老爸在老妈的化妆台前面坐下，在额头部位频频地摆弄手指。见状，老妈大声叫了起来：

　　"啊呀呀，讨厌！你这么大岁数了还长青春痘！"

　　"青春痘与年龄没关系的，是肠胃的原因。听着，是肠胃状况不佳。归根结底一句话，是你的责

任！"

不用说，老妈从来就不回答不利于自己的问题。

"别这么说了，弄破青春痘细菌感染了怎么办？会生疖的！"

"呵！听你这么说，那我算是你生命中的重要人物了。哎，把创可贴剪成小块给我贴上好吗？"

"好，好。"

虽说起初是唠叨发牢骚，可是老妈说着说着猛然浮现出善解人意的神情来。她把创可贴剪成小块，贴在老爸额头上有青春痘痕迹的部位。

如果平时看到这般情景，我可以听任他们之间互敬互爱的举动。可是我今天精神状况不怎么好，不由得叹了一口气。我这叹气声，立刻遭来老妈的指责：

"怎么啦？你叹什么气？"

"哎呀！"

"哎呀什么！是身体不舒服吗？"

即便身体不舒服，老妈也不会善良到允许我写病假条的程度。还有我如果脱口说出"不舒服"三个字，她就会啰啰嗦嗦地说个不停，责怪我平日里为什么不听她的话等。

"哎呀，看来还是做老爸好啊！"

"什么？我好什么啊！"

也许老爸察觉到我在发牢骚，转过脸来瞪大眼睛看着我。

"老爸讨老妈喜欢，所以我说好呀！"

"嘿嘿嘿……"

老爸发出怪笑声，随后说："这么说，你不讨别人喜欢？"

"我根本就没什么高兴事啊，也不知道为什么觉得没劲。"

"呵，你是不是成了现在流行的'扫兴族'啦？"

这时，老妈说道："好像有人得意忘形地说过，最近没有一个女生看到我不笑嘻嘻的。说这话的人该不会是濑间元太郎吧？"

老妈用我说过的怪话刺激我。

"那个……女生大多是这样的。我说的都是特定的，不是那些随处可见的女生哟！"

是呀，老妈的说法其实不就是讨厌我吗。

"嘻嘻，元太郎，做人呀，关键是不要固执己见！总之，你就像你老爸那样好高骛远。"

她好像忘了自己是老爸的妻子，是我的老妈，说这些不负责任的话。老爸毕竟是一家之主，他愤愤不平地反驳说："你胡说什么呢！告诉你，有一家商店的女营业员特别喜欢我哩！你总那么嘲笑我会后悔的！我呀，就像长青春痘的年轻人那么年轻，一旦遇上机会也未必不出现休妻的念头哟！"

刚说了"青春痘与年龄没有关系"，转眼间又说青春痘与年龄有关，老爸受到了老妈的讥笑。

老爸和我一起出门，因为我上学的路线，跟老爸去车站乘轻轨的上班路线有一段是同路。

不愧是老爸，他似乎在为无精打采的我感到担心，不停地为我打气。然而他却乱说一气：

"我说元太郎,这世上,女人到处都有,不新鲜。如果是稍漂亮点就装模作样的女人,也别把她当一回事!"

说心里话,老爸什么也不懂。老爸,有的女人你试着搭理看看,上当后不知是否能活着回来。时代变迁让人感到不寒而栗。老爸以为说这话可以给儿子打气,可是压根儿就没用。

"听好了!元太郎,要像老爸这样狂想!要想到整个世界的女人都爱我!听清楚了?"

"那样想好吗?"

老爸那么说,我不免有点担心起来:

"你身体没什么不舒服吧?老爸,说这话会不会被当成扔到猪圈里的花痴呀!"

"浑小子!恋爱自由是宪法规定的!跟女人打交道别战战兢兢!一开始就要吓倒她们。"

吓倒女人这话太过分了,好像老爸变成了怪兽。他觉得我是乳臭未干的小学生,就信口雌黄。我突然冒出一个念头,想看他的笑话。

距离车站越来越近，上班的人也愈来愈多。经过车站跟前的道口后，再往前面走一会儿就可以到达我的学校了。来到道口跟前，我不经意地转过脸看背后，眼帘里映入身着超短裙脚步匆匆的年轻女人，那神情好像是想追上我们。于是，我悄悄地跟老爸说：

"哎，老爸，身后走来一个漂亮小姐，你跟她搭搭话吧？"

老爸快速朝身后扫了一眼，瞬间惊慌失措起来。怎么？老爸刚才不是大吹大擂地鼓励我吗？说什么只要有狂想就可以讨女人的喜欢。

"别……别……别看她！"

"为什么？"

"为什么？我呀，现在是上班途中，跟女人说话是需要相当长时间的……"

"老爸真会为自己找托词，好吧，那么我替你说！"

我冷不防停住脚步站在她面前挡住去路。

"请等一下,小姐。"

老爸好像在想,真没想到这孩子……

"浑……浑……浑小子! 这么做不好呀!"

老爸吼完一溜烟似的朝车站跑去。我难得有这样的勇气在路上跟那位小姐打招呼,不可能就么半途而废。她笑盈盈地看着我,笑得非常甜:

"有什么事吗?"

"嗯……"

我不能畏缩,叙述了老爸说的话。

"小姐,你喜欢我爸爸吗?"

小姐吃了一惊,表情骤变,气呼呼地说:

"不得无礼! 别说傻话! 谁叫你说那蠢话的?"

"不……我……我爸爸……但是……"

我打算继续解释,可是她不愿意听,问:

"哎,刚才朝车站跑去的人是你爸爸吗?"

"是的。"

"这么说,你是公司修建部门濑间师傅的儿子喽?"

　　我吃惊了！她怎么知道得这么清楚，看来是我老爸的同事，难怪老爸飞也似的溜走了。我又不是老爸本人，但是……嘴不知怎么了,含糊不清地说了声"再见"立即逃走了。

　　俗话说,早晨不顺心,整天不吉利。

　　第一节音乐课,老师说"安静"时,有人吹哨子,结果老师怀疑是我所为。真倒霉！我确实可以与老师辩解,可是我迄今有过多次这样的"前科",所以这次是百口难辩了。第二节语文课,玻璃弹子从我口袋里滚落到地上,骨碌骨碌地在地上滚动……我走过去拾起来,旁边的女生怀疑我偷看她的短裤,结果被老师判令在黑板前面罚站。

　　课间休息,我骂那女生:

　　"像你那样的丑八怪,没有哪个男生会那么做的！"

　　这话闯大祸了,女生们呼啦啦地上来,把我围在中间推推搡搡的,最后还达成协议说:今后女生中间谁也不允许与濑间元太郎说话。真倒霉！

为此，我无精打采地回到家里。在家待得寂寞的老妈，笑嘻嘻地看着我问道：

"怎么啦？在学校里遇上什么不称心的事啦？"

"嗯。"我懒洋洋地答道。

"嘻嘻，瞧你脸上的表情，就知道在学校里遇上不愉快的事了。哎呀，充其量就是模仿你老爸去讨女生喜欢。唉，真拿你们这对父子没办法！越那么说大话，女人就越拧性子。"

"嘿！我老爸呀，在这方面是内行。"

"为什么？"

"他说，整个世界的女人对他都有好感。"

"什么？整个世界的女人？哈哈哈，哈哈哈，哈哈哈……"

老妈笑得什么也不顾了，躺在地上一边拍打榻榻米一边不停地笑。

身为妻子，说自己丈夫怎么坏、怎么嘲笑他也就算了，但是这么笑话爸爸也未免太过分了。老爸的人格，就为这么点小事被她全盘否定。我开始同

情老爸并憎恨起老妈来。

老妈嘲笑老爸过了头，等到老爸回来后皮笑肉不笑地说道：

"怎么啦，时间不是还早吗？讨整个世界女人喜欢的男子还真顺顺当当地回家来了。"

"真啰嗦！哎，别老是说扫兴话哟，我会不高兴的。"

"又不高兴了？你不是说全世界女人都对你有意吗？就像你现在这般颓废的表情？"

"反正就是那么回事。你别在这儿妨碍我，到那边去！"

"干什么！你干吗拿我出气……这话是元太郎说的，说老爸有这样的狂想，要我多加小心。其实，这与老爸在孩子面前的威信有关。"

"浑小子，你敢出卖我！"

老爸瞪大眼睛看着我。其实那也不是我瞎编的。追本溯源，那都是老爸自己说的。此时此刻，家里的气氛变得紧张起来，要是稍不留神再说了什么

倒霉的话,无疑会遭到体罚。

这事暂且放一下。总之,我的老妈根本就不为我这个做儿子的想一想,公开出卖我不算,还公开是我说的。这下可好,我可是猪八戒照镜子里外不是人了。我长大讨老婆的时候,绝对不能找像老妈这样的女人。

老爸没有换衣服,就躺在客厅的榻榻米上了,还不住地大声叹气。我很理解老爸此刻的心情,偏偏这时老妈又歇斯底里地大声吼叫:

"他爸!"

那声音听上去不像叫"他爸",而是像叫"他伯"。

"他爸!"

"……"

"他爸!"

"叫什么叫呀!整天喋喋不休的!这里又不是空旷的野地,周围可都是住宅哟!"

"我想出门买点东西!"

"真烦人！啰里啰嗦的。想去就去，爱去哪儿就去哪！"

"哼！"

老妈耸了耸肩，闭上眼睛，随后吹着口哨出门了。我觉得，老妈的态度太差了。眼下，只有我和老爸留在家里，当然是你看着我我看着你。

"哎，爸爸。"

我怀着热爱老爸的心情主动叫他，可是他断然地拒绝我说：

"哼！托你的福，我今天净遇上倒霉的事。早晨你对那位女士说了无礼的话，要知道她可是我们公司人事部长的妹妹哟！她问我耍什么阴谋，为什么要对儿子说那样的蠢话。我真是有口难辩。我算服了你了！让世上你唯一的老爸倒这样的霉，你以为我会轻饶你？"

"对不起，老爸！"

我真诚地向他道歉。我明白了，老爸说的"让整个世界的女人都爱我"这话，其实只是为了鼓励我

脱口而出的大话。老爸好像明白我知错了，他不再对我发怒了，只是一脸颓废的表情。

"是呀，再怎么鼓励你我也不能说大话啊。作为男人，最好是能像大川桥藏和高桥英树那样的男明星就好了。也许我的名字没有'桥'字，所以也就什么出息都没有。"

"老爸，你说什么呢，净是些自暴自弃的话，被老妈听到又要把你骂得一无是处啦！"

我也不知为什么，此刻的心情与早晨完全相反。

"爸爸，打起精神来！妈妈一听我说你是全世界女人的偶像，喉咙里的小舌头险些飞了出来，张开大嘴笑个不停，那可是对一家之主的大不敬啊，你不感到遗憾吗？"

"没什么……已经现在这年龄了，遗憾是不起作用的。"

我不由得叹了口气。老爸这般萎靡不振可不行！要说为什么不行？这话可是大人们目中无人说的，什么"这附近孩子都打不起精神"，但是，现在可

不是这么回事。

"老爸！"

"嗯？"

"你别那样。"

"哦。"

老爸确实窝囊，酷似心脏尚在跳动却呼吸已经停止的状态。过去他常对我说："男人要是遭到愚弄就要发脾气，要是遇到别人跟你吵架就必须迎上去。那才是男子汉！"

为了鼓舞老爸振作精神，我采用了激将法。

"爸爸，你说的也不无道理呀！你现在一脸的垂头丧气真可怜！"

被自己的孩子这么说，父亲无论再怎么提不起精神也该发发脾气吧！可是，嗨！不知是思想境界高还是压根儿就没什么思想境界……或许是秋后算账，眼下就是不中我的圈套。

我心想算了，看来跟这样的老爸建立统一战线是丝毫不可能了。不仅如此，老爸还说了让我大为

扫兴的话：

"总而言之，元太郎，你跟我也差不了多少，都不讨女人喜欢，这是你出生那天就已经注定的，再怎样也是改变不了的。你干脆下决心用功学习，也许可以弥补先天不足，也许还能像我这样娶上你老妈那样的普通妻子。"

开玩笑！我还只是小学生，一切还没有开始，老爸却要我放弃超过他的想法，真让人受不了！总之，我决定放弃跟如此窝囊的老爸结盟的念头。决心是下了，但我不可能把老爸完全晾在一边，老爸再怎样也应该有男人的尊严和上进心，否则会败坏我这儿子的名声。

为此，我决定采用教训老妈的游击战术。我先去了书店，翻阅那些面向年轻女人发行的杂志，抄下读者来信栏上的地址，接着去门口挂有邮箱的杂货店买一些明信片。这家店里当班的是位年轻男营业员，叫二浪。

"哎，大哥哥，帮帮我好吗？请你把这内容帮我

誊写在这些明信片上。"

年轻营业员看了我写在练习本上的短信后，脸上浮现出不可思议的表情，不过还是笑嘻嘻地答应帮我的忙。

"好吧，但是信写得完全像孩子口吻，让我帮你修改一下。"

年轻营业员帮我把修改后的内容写在明信片上，不过写在明信片上的内容跟底稿其实大致差不多。

我极其孤僻，一点也不讨女人的喜欢，因为脸长得难看。朋友们嘲笑我说，如果你能交上女朋友，我们奖励你一万块。听了这样的嘲笑，我一直很伤心。我想，你一定是善解人意的美丽天使，你一定会回信的，恳请把你的回信装在信封里寄给我。

我把收信人地址写在明信片上，再写上收信人

姓名"濑间元造"。这名字我不说你也知道,濑间元造就是——濑间元太郎的老爸。

两个月后,我早已把明信片的事忘得一干二净了。此刻,已经进入暑假里的酷暑期间。突然有一天,邮递员捧来一大叠信:

"这全都是寄给濑间元造的信!"

邮递员说完,把双手捧着的茶色箱里的邮件,"哗"地倒在我们家门口第二道门框边上。

"等……等……等一下!这里可不是邮局!"

老妈吓了一跳,嚷嚷道。

"这我知道,不过我还要来的,邮局里还有许多濑间元造的信呢,大家正在整理。"

"什么呀,这么多贺年卡是不是邮递员送错地址了?"

"请你看了之后再说吧!"

邮递员说完,无精打采地回邮局去了。老妈半信半疑地从信捆里取出信封一看,收信人不是"濑间元造先生"就是"濑间元造君"。寄信人是清一色

的女性。

老妈憋不住了，把宪法规定的"禁止拆阅别人信件"的条款统统抛到脑后，撕开其中一封信的封口，开始阅读信上内容：

元造先生：你说你长相难看，没有女人缘，寂寞孤独。其实，你不用担心，脸长得难看没关系，只要像男子汉就行！元造先生，请打起精神，接受我的爱情。

这下糟啦！老妈怒上心头：

"你这贱女人给我闭嘴！脸丑也好不丑也罢，他都是我的丈夫！寂寞也好不寂寞也罢，他的问题由我解决。你这个自作多情的女人太无聊啦，别狗拿耗子多管闲事。"

老妈开始阅读第二封信，不用说内容跟第一封差不离的。她一封封地接着看下去，内容基本相似。最后索性不看了，朝着小山包似的信堆吼道：

"你们到底搞什么鬼呢？"

晚上，老妈跟老爸坐在信堆两侧，瞪大眼睛你看着我我看着你。

"他爸，你在这么多证据面前还说不知道。邮递员说，还有呢，明天还要送来！"

"嘿！那我怎么知道！看来，我确实是天下女人们的偶像啊！"

"天哪！竟然还有初一女生寄来的信哟！你这个心理变态狂！"

"你说什么呢！"

不管怎么说，老爸似乎恢复了男子汉的自信和尊严，轻轻拍了拍老妈的脸蛋。老妈也不甘示弱，轻轻回拍老爸的脑袋。我装作似看非看的模样，暗自呼唤：老妈，别瞧不起老爸！

这之前不管从什么角度看，老爸脸上的表情确实是神情颓废。

和 谁 结 盟

第一学期就要结束了。一天早晨，我和妈妈两个人在家吃早饭，老爸上夜班还没有回来。其实，只有老妈和我两个人吃早饭是经常的事，只是她现在的举止有点奇怪。吃罢早饭，她收拾碗筷时频频停下手，视线朝着远方，脸上带着微笑。我有点担心地朝老妈喊道：

"妈妈，你身体不舒服吗？"

"你说什么！"

"我很担心你呢！妈妈,你刚才一会儿愣一会儿笑的……"

"哦！从早晨开始老妈就在笑,一年里也就笑这么一两天, 笑难道不好吗?! 要是一年到头板着脸,老妈会很快衰老的。说我吧?不,说你吧!你中风了?瞧! 全身直打哆嗦!"

"啧! 说话不要让别人感到讨厌!我一去洗手间就不会哆嗦了。"

"好好,快去吧!"

我在洗手间里的时候,老妈跟邻居中川阿姨在聊天。

"喂,怎么啦? 你今天早上好像特别高兴,还哼着歌呢。"中川阿姨说。

"嗯,他爸要回家了。"

"嘿,就因为这乐滋滋的? 真羡慕你俩呀！"

"羡慕什么？"

"什么?要是我,一听说丈夫回来就感到厌倦。"

"我开心的是,他带回家的东西……嘿,是前些

日子工会争取来的利益。"

"啊,是奖……"

"嘘!"老妈急忙制止。我明白了她微笑着极目
远眺的原因。我从洗手间出来,拿着书包朝门口走
去,看见老妈一脸若无其事的表情说:"原来是这么
回事! 今天要发奖金了吗? "

我问。老妈赶紧回答:"不,不是今天,要过几
天。中川阿姨听错了,哎,快去学校! "

"哎呀! 老爸老妈就是撒谎也没人训斥。"我挖
苦说。

于是,老妈朝我发脾气:

"我先把丑话说在前头,无论军舰还是手枪,凡
是与战争有关的玩具一律不准买!"

我一声不吭地出门了。玩具枪也好,玩具军舰
也好,都压根儿酿不成战争! 我也不可能买来真的
军舰放在桌子抽屉里。我在学校里听同桌的生野津
子说,她爸爸用奖金给她买了手风琴。于是,我向她
讨教怎样做才能把钱拿到手买回想要的东西的成功

经验。

"嗯……你爸爸公司是今天发奖金，而你直到今天才打算向父母提出要求，好像太迟了哟！一般说来，必须在一个月前正式提出要求。"

我失望了。

"现在看来只有一个办法，你的表现一定要天真无邪，要装作没有那么回事，要跟老爸老妈表决心说：'我今后在学校里一定会全力以赴地学习，在家里一定会帮妈妈做家务'。总之，挑那些爸爸妈妈喜欢听的话说。这么一来，他们就会为你着想了。"

"不行！我老爸老妈根本就不怎么为我着想。"

"如果这样，你只能像竞选议员那样，或者像在听众脑海里留下印象深刻的电视广告那样，对老爸老妈说话时，嗓门要大得连隔壁邻居都能听见。还要逢人就说，一直到他们给你买回家为止。"

"要是他们脑瓜子笨，我只有打持久战喽！"

"不过呢，也许父母故意装作为你着想来麻痹你，然而没有任何行动。这种可能性你也必须考虑

到。还有,提要求时,最好等他们不在一起时一个个讲,要把比较好说话的一方视为主攻方向。"

"原来如此。"

话是这么说,但是老爸老妈两个人没一个靠得住的,谁都不会爽快地答应我。那天下午,学校召开教职员工紧急会议,中午时分就放学了。我回到家里,老爸还没有回来,老妈一看到我就冷不防地问道:

"元太郎,你有想要的东西吗?"

我不明白这话是什么意思,直愣愣地看着她。

"怎么? 老妈在为你着想呢。"

"……"

"如果有想要的东西,你应该知道嘛,妈妈肯定是同意的。"

这好像是我和生野津子交谈时预测到的,老妈是主动问我了,但她的话果真靠得住吗?

"呀,元太郎,到夏天了,你想不想每天吃自家制作的冰淇淋呢?"

"是呀，是呀……"

"有时也想喝冰冻饮料吧？"

"是呀！"我这下明白了老妈想用奖金买什么。是的，家里冰箱的年龄比我还大，搬来这里居住时冰箱已经很旧了。

"原来是那么回事啊！那好，我支持老妈。"

"你必须支持我！好，你现在放心地跟老妈说说你想要的东西吧！"

说完，老妈"咚"地拍了一下胸脯。

"那太好了！老妈，你知道我想要什么吗？"

"哎呀，说说看。"

"豪华赛车模型。"

"多少钱？"

"要是买一套的话，打七五折。"

"所以我问你，多少钱？"

"一万块。"

"太贵了！不是说要量入为出吗？好吧，我先跟你爸爸商量一下吧！"

　　总之，老妈深知完成大事前跟我结同盟军的重要性，咽下刚开了头的牢骚话。

　　"听好了，别忘了老妈是支持你的。"

　　"那好，先给我一百块钱好吗？"

　　"浑小子！"

　　老妈尽管嘴上那么说，还是扔给我一百块。其实，和和气气地递给我有多好！如此粗暴地扔过来，又不会降低一百块的价值。我拿着这枚一百块的硬币去了大路旁边的酒店，买了一支有豆沙糯米馅的冰淇淋，边吃边回到家里。就在吃最后一口时，察觉有人在我背后跟着，紧张得我把剩下的冰淇淋掉落到地上。转过脸一看，是老爸。

　　"我不管，我不管，爸爸你得负责！"

　　但是，老爸没把这事放在心上。

　　"哎呀，不就是冰淇淋吗！老爸这就去买一卡车冰淇淋给你！"

　　开什么玩笑！吃一卡车冰淇淋会不停地拉肚子的！再说也吃不完呀！

"不要那么多哟，一天吃上五支冰淇淋就够了。"

"哈哈，小意思啦。但是这要求，要等到身体健康的爸爸成功创办企业赚钱后才能满足。"

"哦，原来是这样啊。"

"所以，爸爸每天早晨挤拥挤的电车，白白浪费体能，影响健康。这样下去，爸爸要到什么时候才能创办企业？只有轻松上下班不挤电车才能有时间有体力筹办企业是吧？"

"嗯，这么说，爸爸，你想用奖金给自己买一辆电车了？"

"浑小子，你可不能这么说啊！"

"明白！老爸，你不管买什么我都不会干涉。但是我是想要买豪华汽车模型，你也别……要是立刻跟批发商谈好，价钱还可以便宜的吧。"

"那好吧，是……多少钱？"

"一万块吧。"

"啊？一万块？嗯，你老妈怎么说？"

"别担心！她说要跟你商量,说这事主要取决于老爸你的态度。"

说这话时，我心里觉得开心极了，因为分别跟他们谈妥后成功的概率高了不少。生野津子说过，别把他俩拉在一起谈，要各个击破。但是，老爸目不转睛地看着我说：

"那么，我是不会反对的，只是你妈妈是不会同意的。我要是说同意，她就一定会说买那种东西是浪费。我先把丑话说在前面,女人是很难对付的,你妈妈那里可能通不过。"

"那么,老爸,你说买什么给我？"

"这个……以后再说吧。"老爸敷衍了事。

且说老妈笑盈盈地迎接老爸走进屋里，像唱歌那样婉转地说道：

"你回来了！"

"啊啊,太累人了！这大白天电车还是这么拥挤不堪，身体根本就无法动弹。我真想回到过去骑摩托车自由自在上下班的时候。"

"那倒是的。孩子他爸回家后那么容易出汗,家里的冰箱又旧得快要散架了, 连一条冰过的毛巾也没有。"

老爸老妈在相互试探对方的真正意图。

"哎,奖金发了吗?"

"嗯。"老爸从包里拿出奖金袋,然而手还是牢牢攥住,没有立刻交给老妈的迹象。

"哎,他妈,刚才咱们元太郎说,希望老爸保持健康体魄,不希望我去挤电车而白白消耗体能。他真是个孝顺的孩子!"

这话我可没说过!但我这时决定不拆穿老爸的谎言为好。问题是,老妈也在编造谎言:

"还真是的!元太郎也对我说,希望我经常从冰箱里取出冰啤给爸爸解渴降温……"

"等一下!他妈,你想买什么?"

"这不明摆着的吗!元太郎的想法和我的想法相同,购买一台新款式冰箱。"

"原来是这么回事。其实啊,我也考虑过元太郎

的想法，打算买一辆摩托车。是呀，就是加班到半夜，只要有摩托车，我就可以不必像现在这样住公司宿舍了，可以回家睡安稳觉……"

争论渐渐朝着白热化方向升温，我赶紧悄悄地逃走，我可不想卷入无聊的是非堆里。

我朝公园里走去，在那里消磨了一个半小时后回到家里，心想这么长时间过去了，家里这两个巨头间的谈判应该在和平氛围里拉下帷幕了吧？可是他俩仍然是势均力敌，相互都是凶神恶煞般的表情。

"开什么玩笑！连投保的钱都没有，偏偏……你是想骑摩托车出交通事故吗？"

"哼！什么冰啤呀！据说现在出产的冰箱在技术上都不过关，再说买来冰箱也没有那么多食物要放，他妈，你是否打算一年到头把脑袋伸在冰箱里乘凉啊？"

遇到这种场合，我最好还是躲得远远的，免得被他们粘上。我说"家庭作业忘记做了"，然后尽可

能不坐在他俩旁边，也不坐在他们对面，趴在桌上用做功课的方式避开视线。

老爸老妈各持己见后进入了冷战状态，从吃晚饭开始都不说话了，也都不看对方，偶尔视线相遇时各自的目光也都是恶狠狠的，仿佛能喷射火焰一般相互怒视。

我说"头疼"，迅速铺好被子装作睡觉模样躺下。要是奖金数额大，也许各自想要的东西都能买上，不会发展到像这样家里鸡犬不宁的地步。可是老爸的奖金数额不是很大，因为他不是正式职工，是长期临时工，到这家公司工作没几年。

我读四年级的时候，老爸辞去原来供职的土建公司，独自创建了自己投资的建筑公司。通过原来公司介绍，承包了一项建筑工程。当时他雇用了好些年轻工人，然而由于建筑材料大幅度涨价，房屋建造到一半时，费用远远超出预算。老爸要求业主增加投入，对方不同意，还提出要终止合同。在老爸看来，这是他独自创业后的首个工程，不甘心就这

样半途而废。总之，该项目在实施过程中历经曲折。等到终于竣工时，老爸已经身无分文了。

老爸原先辞职的那家公司听说后，希望他复职。老爸没有同意，也许出于自尊心的缘故，关闭公司后去了现在这家公司，不过再次创业的信心已经荡然无存了。

毕竟夫妻没有隔夜仇，爸妈之间的"冷战"，不知什么时候又和好如初了。问题是一到这种时候，我就被视为他们之间的绊脚石和障碍物了。

我在门口磨磨蹭蹭，这时老爸朝我吼道：

"喂，元太郎，别再浪费时间等我了。我今天调休！"

"那好，我也要调休。"

"说什么呀，你调什么休？"

"爸爸妈妈都承诺过给我买微型汽车模型，但现在又没有回音了！"

不出所料，他们俩都是一脸根本就没有这回事的表情，背朝着我。

"你们这是想趁我上学时秘密成交，把我的要求排除在外。那样做是伤我的心了。"

这时爸爸疾言厉色，语气更加激烈了："哼！那是我的奖金，谁也不准干涉！"

这话其实也是指桑骂槐说给妈妈听的。于是老妈说："元太郎，你安心上学去吧！"

"嘿！听这话多温柔呀，你不要再拥抱我吗？"

"别说了！无论谁，只要说话不算数，我就不会跟他站在一起！"

眼看气氛又开始紧张了，我急忙说了声"我上学去了"就朝门口走去。然而，我还是有点担心地打量他俩，老妈不再沉默，继续跟老爸展开口水战：

"喂，他爸，看过早上的报纸吗？上面又刊登这类消息了，摩托车和集装箱卡车相撞。你难道想用奖金购买去地狱的交通工具吗？"

"胡说什么！摩托车骑手都去地狱了吗？三年前我不也骑过摩托车吗？总之，我把奖金袋放在这里！"

"干什么！"

"别紧张！在双方没有达成协议之前,应该把它放在我看得到的地方。只要我不单方面地使用奖金,那我也不会让你单方面地使用这笔奖金。"

看来,这场拉锯战也许需要相当长的时间呢。我不再指望他俩握手言和,决定上学去。走到学校附近,突然想起忘了带打算归还义介借给自己的书了,于是赶紧返回家里取。

老妈不在家,老爸躺在没有关闭的电视机跟前,把两条手臂交叉放在脑袋下面枕着。我拿着义介的书正要出门时猛地吓了一跳,因为日光灯拉线开关旁边放着奖金袋,袋口是用玻璃纸胶带封的。

"爸爸,爸爸！"

我着急地使劲摇他,他就是不愿意睁开眼睛。我心里想,奖金袋要是这样放着,万一小偷进来拿走怎么办。没了奖金,买微型汽车模型的事肯定泡汤。

"喂,老爸,老爸……真拿你没办法！东西放这

里太危险啦！好，我来保管吧！"

我在老爸耳边吼叫。

"啊啊，知道了，知道了……"老爸好像嫌麻烦似的回答我。说心里话，我为自己有做事这么不可靠的父母感到难为情。幸亏忘带了东西回到家里，要是不回来，还真不知道会怎样呢。我把奖金袋折好后放到裤袋里。这样一来，我就不必担心被偷走了。再说，他俩也就不会趁我不在时达成出卖我利益的协议了。然后我放心地上学去了。

我呀，曾经因为麻痹大意出过事，眼下又居然把奖金放在裤袋里的事忘到九霄云外了。

我放学一回到家里，就发现老爸老妈都闷闷不乐地坐在榻榻米上。老妈眼睛揉得通红，好像刚刚哭过的样子。我叫了一声"我回来了"，但是两个人都没有朝我看一眼。

"奖金没了也许是好事！大概是老天爷让小偷拿走的，目的就是不让你骑摩托车在半夜里发生事故……"

"瞎说什么！要是那样的话，那他可真是多管闲事。"

我试探着说："那么……你们俩愿意为我买微型汽车模型吗？"

老爸答道："只要奖金还在，只要是你喜欢的东西，我就买给你。"

"当真？"我从裤袋里掏出奖金袋放在老爸前面说，"给你！我是因为看到鼓鼓囊囊的奖金袋放在这里觉得危险，才决定放在我的裤袋里暂时保管一下的。"

我刚说完，老妈就歇斯底里地吼叫着扑到我跟前，揍了我好几下。

"你为什么要那么做！我和你爸爸还以为是小偷呢，已经去警察局报过案了！"

我拼命挣脱，刚从老妈的魔掌逃脱，谁知就被老爸一把抓住揍了几下。

"浑小子！都是你惹的祸，害得你妈妈怀疑是我藏的，跟我大吵大闹！"

"不，我不是故意的！"我使劲嚷道，"奖金那么放着，我是怕被偷才临时保管的。"

"要你担心什么！你妈妈以为是我把钱藏了起来，她还打算扒我的皮，扒到肋骨之间寻找呢！"

老爸老妈丝毫不能体会我的一番好意。我只好装作委屈哇啦哇啦大哭。哭着哭着，还真的伤心起来，泪水沿着鼻子两边的脸颊"扑簌扑簌"地朝地面滚落而下。

真没想到爸爸妈妈会一致认定我临时保管奖金是恶作剧，对我的惩罚措施就是拒买我心仪的微型汽车模型。

老妈说，我的"恶作剧"将导致她减少五年寿命，所以要相应地惩罚我。其实，她是压根儿不会为我买微型汽车模型的。再说老爸也觉得，不给我买微型汽车模型是理所当然的。

我是因为老爸说过"只要奖金还在这里……我就给你买你喜欢的东西……"，才拿出奖金作为筹码据理力争的。这做法纵然无可厚非，还是禁不住老

妈的强词夺理。这个老妈太不像话了！

现在，我也不生气了。老爸放弃买摩托车的念头，老妈放弃买冰箱的打算。奖金袋里的钱，如数变成了银行存款。老妈强调说，奖金作为老爸再次创办企业时的部分注册资金。但是在我看来，就老爸目前状况来看，独自成功创办企业还为时过早。因为他嗜酒烟、泡网吧和玩赛马彩，毛病不止一点点。

"哎，你爸爸要是再次创业成功，我就买上一打微型汽车模型送给我们元太郎。"

老妈给了我一个梦幻般的许诺。

耳朵就是用来听声音的

　　学校快要放暑假了。

　　为了在第二学期开学头一天举行的"百年校庆活动",我们学校决定组建鼓笛队。

　　申请加入鼓笛队的同学,向班主任报名后可以领取乐谱回家练习,然后根据乐谱参加考试。

　　我原本没想参加,在小伙伴们的极力怂恿下,终于鼓起勇气报了名。我领取乐谱回到家里,看见老妈正表情严肃地拨弄着算盘。

"听你的话,我要学习,学习。"

说完,我拽出八孔竖笛吹了起来。由于学吹的是进行曲,再加上又是第一次,听起来怎么也不悦耳。这时,老妈发牢骚了:

"哎,元太郎,你刚才不是说要学习吗,怎么突然发出这种刺耳的声音呢? 拜托你别吹了好吗? 这么吵闹,老妈没法打算盘啦。"

"可,这就是学习啊!"

"唉,真拿你没办法! 你要是真想学吹笛子,就必须像学吹笛子那样,要有点抑扬顿挫的节奏感或者其他什么声音。拜托! 听听你吹的是什么笛声,像喝得酩酊大醉似的,软绵绵的,让人觉得心烦。"

"你怎么这么说话! 要是刚学就能吹得动听悦耳,那就用不着下苦功练习了。"

"这道理我懂! 但是,老妈正在打算盘,希望你别打扰我。"

无可奈何,我只好吹得非常轻,可是越轻声音越刺耳,果然老妈又埋怨起来:

"停，快停！一听到这种蛇跳舞般的怪音，我就会神经衰弱，请你到外面去吹好吗？"

"给我一百块钱，我就去。"

"真讨厌！就知道要钱，好吧，别再说我只给你一百块啦！"

说完，老妈递给了我一百块钱。她那神情好像真的非常厌恶我的笛声。于是我到屋后建材店的材料堆场矮围墙上，继续学吹笛子。

我打量周围，发现中川阿姨站在身边。

"哎，你吹的是声音悦耳的笛子吧？可是，你吹的怎么不好听呀！"

"嗯，明天就要参加鼓笛队考试。"

"鼓笛队，是指走在队伍前面发出'嗒嗒咚咚，呜啊呜啊'声音的乐队吧？"

"是的。"

"真好！说不定电视台会实况转播呢！"

"嗯，我能行吗？还要参加鼓笛队的考试呢。"

"放心！你肯定能行，要有信心啊！加油！哎，听

好了,争取上电视,上电视!"

中川阿姨鼓励我一通后走了,我又开始练习,可就是鼓不起劲来,于是我想回家。突然有人朝我嚷道:"元太郎。"

循声望去,是老爸叫我。我跑到他跟前,只见他一脸不高兴,直朝我吹胡子瞪眼。

"我一宿没睡了,累得骨头都断了,好不容易撑着回家想躺下休息,可是你这个即将成为中学生的儿子却在吹笛子!"

"爸爸,这是……"

"别强词夺理啦!"

他语气粗暴,还冷不丁地抓住我的衣领。

"听我说,老爸。"

"还狡辩什么!"

老爸说完打了我一下。我心里明白,他发火是因为夜班太累了。过去,他从不在我身上出气,偏偏……他多半是在公司里遇上不顺心的事。这种时候,我尽可能不跟他一般见识。

老爸拽着我的衣领拖我回到家里，只见老妈还在餐桌那里打算盘。

"啊，你回来了，我已经给你铺好被子了！"

"啊啊，谢谢！他妈，元太郎就要上中学了，他的学习你得多盯着点。"

"嗯，知道了。"

老妈把湿毛巾递给老爸，接着拿来睡衣。她看到老爸一脸阴沉的表情，于是一切都尽量顺着他，等到老爸钻进被窝里后，老妈对我说：

"哎，元太郎，听中川阿姨说你要参加学校的鼓笛考试？"

"是的。"

"那是什么性质的考试？"

"大概是一边吹笛子一边沿着操场转圈吧。"

"是这样啊，什么曲子呢？试试看一边踏步一边吹可不可以。"

我有点害羞，但又觉得这是考试前的预习，于是按老妈说的练习起来，可不知怎么回事，总觉得

不协调。尤其看到老妈非常认真的架势，或意识到自己的笛声不好听时，步子也就越走越乱了。

"不行的！你那样乱踩步子，朝前走不就变成朝后退了吗？"

这时，老爸探出头来嚷道：

"难听的笛声到此为止好吗？这'嘀嘀嘀'的鬼叫声渗进我的虫牙里啦，疼得我睡不着哟！告诉你们，我一夜没回家，不是因为在外面喝酒赌博，而是为了工作！"

"说什么呢！元太郎明天要参加鼓笛队的吹笛考试！"

"去什么呀，什么鼓笛队。"

"为什么不去？你不知道吗？鼓笛队啊，就是任何时候都站在队伍最前面的那种。"

"哼！你以为不管什么只要站在前头就好吗？电车什么的只要一出事故，不就是最前面的车头倒霉吗！这你难道不清楚？"

老妈不甘示弱：

"孩子他爸,你这比喻根本是驴唇不对马嘴!鼓笛队可不是沿着马路吹笛的!"

"哼!如果真要吹,拜托最好吹催眠曲好吗?"

"鼓笛队的演奏可不是为了让观众睡觉!再说这也是元太郎的功课啊!"

"知道了!我用耳塞堵住耳孔好了。"

老爸特意从药箱里拿出棉花,揉成团塞入耳朵后用创可贴固定。

"好了,吹吧,闹吧,把十二支乐队请来演奏吧!我呀,反正听不见。"

老爸耸了耸肩朝被窝那里走去。

"干什么呀!你不是说只要看到元太郎学习就高兴吗?他这也是在学习啊,你怎么……"

我冷静地说:"老妈,你再说老爸也是浪费口舌!他的耳朵堵上了,再怎么说也听不见。"

"那倒也是。好了,去上街,你也去么?"

"好呀。"

我倒不怎么讨厌陪老妈上街购物,说不定她也

许会突然兴奋起来给我买好吃的，例如红肠面包和猪牛肉混合香肠什么的。老妈突然说道："元太郎，把笛子拿来！"

"拿笛子？"

"是的。"

我不知道老妈葫芦里卖的是什么药，只好遵照她的吩咐带上笛子出门。

啊，莫非老妈要带我去教笛子的老师那里？可就学吹这么一天是根本学不了什么的，其实，我的想法过于简单了。这时，老妈说：

"哎，元太郎，我要帮助你预习！站到老妈前面来，大胆地吹着笛子往前走！"

"什么！"

"怎么？在路上练习，不会有人说闲话的。好了，开始吧！"

"啊！这多难为情啊！我不愿意。"

"说什么呢！你想当鼓笛队的队员吗？怕难为情是当不成队员的。"

"这好像是推销作秀似的！"

"喂，你看不起搞推销的吗？"

"不，不是！"

"不是那你就练习吧！作为小小男子汉，为了实现自己的理想，就必须付出相应的努力，否则是不会成功的。贝多芬就非常努力的！"

"贝多芬也吹着笛子在街上走吗？"

"也许是的！好了，练习吧，练习吧！"

"讨厌！"

"啊？你原来是这么想的啊？那你是不听我的话喽？"

这简直是威胁！如果我是一二年级的小学生，行人看我年幼也许觉得天真好玩。可我已经上六年级了，路人从我边上经过时肯定觉得我脑子进水了。

我一边不情愿地吹笛子，一边磨蹭着往前踏步走。这时老妈朝我吼道：

"不行，不行！你吹出的笛声像哀乐一样！要轻

柔。喂，把笛子给我。"

老妈一把夺过我手中的笛子，胡乱地吹了起来，踏步时还把脚抬得老高，踩在地面发出"噔噔噔"的声音。趁这当口我赶紧溜。老妈不知道我已经溜走了，仍然昂首挺胸，"噔噔噔"地朝前走。

说心里话，我真的怀疑老妈的精神是不是出了问题，明明是成年人，言行举止却像三年级小学生……跟这样的老妈在一起生活太痛苦了。不过，元太郎无法向老妈公开内心的痛苦。因为，老妈有时会认真得不得了。

我逃离老妈身边，来到大路旁边的书店里翻看了一会儿漫画书，然后回家，看见家门口坐着一个奶奶辈的陌生女人。

"你……你是安江的儿子吗？"

陌生奶奶说的"安江"，是我老妈的名字。

"是的，我叫元太郎……"

"你爸爸妈妈在家吗？"

"老奶奶，你找谁？"

"我叫村越,是为保险的事来你家的,你爸爸今天在家吗?"

"嗯,不过,他对保险不怎么感兴趣。"

"知道了。那好,把你妈妈喊来。"

"好吧。"我不情愿地回答着,因为我是撇下老妈溜回来的,所以……

"拜托了! 请无论如何……哎,这个给你。"

保险推销员从包里取出巧克力放到我手上,朝自行车看了一眼,示意我骑车去。

"那好,我这就去。"

"谢谢你了。"

我拽出自行车骑上去, 没骑多远就遇上老妈正在往家走。她气还没有消,直朝我瞪眼睛。

"老妈,有一个叫村越的保险推销员来了。"

"糟啦! 她真的来了吗?"

"嗯,怎么啦?"

"真拿她没办法, 她是我念小学时的班主任老师。我曾经敷衍她说,我不太懂保险,这事要由孩子

他爸决定。"老妈边说边叹气。

"原来是这么回事，原来你在老师面前也没辙啊！"

"当然啦,唉！这事真伤脑筋。"

"可她坐在门口根本就不想走怎么办？"

"哎,元太郎,你就跟她说我在亲戚家忙得脱不开身,今天可能不回来了。"

"真麻烦！"

"哎,别说傻话啦！快去吧,我在君影草咖啡馆喝红茶等你。"

"知道了,老妈你真会出馊主意。"

说完，我把手朝她伸去，老妈极不情愿地把一百块放到我的手上。我骑自行车回到家里，察觉到保险推销员的表情好像已经等得不耐烦了。

"嗯……我不知道怎么回事,总之老妈在亲戚家忙得不可开交,说今晚不回家。"

"这怎么得了！她居然撒谎！她小时候是不撒谎的。"

　　我不知道怎么办好了。这时，老爸睡眼惺忪地从里屋出来，敞开睡衣前襟，摇摇晃晃地走到厨房里喝水。他仿佛没有察觉到我们，喝完水又朝里屋床铺走去。那阿姨赶紧说：

　　"那个……请问，你是安江同学的丈夫吧？我是安江读小学时的班主任……"

　　保险推销员阿姨彬彬有礼地说，老爸却根本没朝我们看一眼，继续径直地朝里屋走去。我急忙跑到老爸身边捣了他一下。

　　"什么事？"老爸这才察觉门口那个保险推销员，脸上浮现出惊讶的神情。

　　"那个……我在小学当老师时是你妻子安江的班主任，这次登门拜访，主要是为保险的事……"

　　没想到老爸的嗓门特别大：

　　"元太郎，这人怎么啦？嘟嘟哝哝说什么呢！那个……大点儿声好吗？"

　　这时，我才注意到老爸耳朵里有"耳塞"，而他本人似乎早已忘记耳朵被塞上了。为了提醒老爸，

我朝他打手势，可是他仍然无动于衷地看着我说：

"干什么，浑小子！"

保险推销员见状说："孩子，过来，过来一下！"

说完，她朝门口外面跑去。我以为有什么事，就朝她走去。

这时，她喃喃自语道：

"哎呀……我一点也不了解这情况，安江从来没有提起过。"

"什么事？"

"哎，孩子，你非常敬重爸爸吧？"

"什么？"

"那么优秀的爸爸，你必须从心里尊敬才是哟！即便耳聋也还是拼命工作，不抛弃你们母子俩。我都知道了！好吧，你对你妈说，你爸爸加入保险，保险公司是要附加条件的。还有，给你这个，去买些冷饮跟你爸爸一起吃吧！"

说完，她把一枚五百块硬币塞到我手上匆匆离开了。

我一直看着她的背影渐渐消失，心想，原来她把老爸当作聋哑残疾人了。不一会儿，老妈从相反方向回来，好像还是非常担心的模样。

"怎么啦？村越老师还没走吗？"

"哦，她说让我用这钱买冷饮跟爸爸一起吃。"

我给老妈看了那枚五百块硬币，老妈把它拿在手上，时而翻过来，时而用手敲。

"干什么呀？"

"平白无故地拿别人五百块，我心里怪怪的。"

这时家里传出老爸的吼叫声，与其说是吼叫，倒不如说是发狂，声嘶力竭的。

"安江！安江！安江！"

我俩惊讶地赶紧往屋里跑去。

"怎么啦？爸爸。"

"耳……耳塞取不出来了！"老爸用手指着自己耳朵大声嚷嚷。

"快去把镊子或者小钳子拿来。"

"元太郎，小钳子，小钳子。"

我慌忙拽出药箱,可是里面没有小钳子。

"妈妈,药箱里没有呀!"

"浑小子! 快去别的地方找找看!"

"我平时不摆弄这些东西的,找不到啊!"

"真笨!"

老妈跑过来,慌慌张张地把药箱里的所有东西倒在榻榻米上翻来找去。

"急死人啦! 究竟放到哪里去了?"

老爸又大声叫嚷起来,简直把屋顶都叫破了。他耳朵听不见,无法调节声音的分贝。

"快拿来! 你们磨磨蹭蹭地干什么呢?"

"干吗那么大声叫啊?"

"好了好了,有这嘀嘀咕咕的时间,还不快用小钳子或者镊子把耳塞给我取出来!"

"知道了! 正在找呢!"

我是越急越找不着东西。小钳子啦、镊子啦、掏耳勺啦根本找不着。老妈朝厨房跑去。

"我记得确实是放在这抽屉里的,可是……真讨

厌！好像里面什么东西钩住了，抽屉拉不开！元太郎，去仓库把撬棒拿来！"

"是！"我赶紧从仓库工具箱里取出撬棒。

看到我手上拿的是撬棒，老爸嚷道：

"浑小子！我让你们把我耳朵里的东西掏出来，又没让你们用撬棒在我脑袋上捣孔！"

"老爸，别误会！抽屉被里面的东西钩住怎么也拉不开啦，所以妈妈让我把撬棒拿来。"

我极力解释清楚，然后才意识到老爸现在什么也听不见，没想到老爸发脾气了，一把夺过我手上的撬棒扔到院子里。

老妈不知道这情况，在厨房里尖声嚷道："元太郎，干什么！快把撬棒拿来！"

"老爸发脾气把撬棒扔到院子里去了。"

这时，老爸又嚷道："我这个当家的耳朵好像听不见了！哎，你们在干什么？指望你们解决不了问题！叫救护车，叫救护车！"

"干什么呀！小题大做。耳朵被棉花堵住这区区

小事居然要叫救护车！不怕丢脸吗？"

"别说了，老妈，你再怎么吼老爸也听不见。"

屋里，老爸老妈大吼大叫简直就像救火现场。我还是去院子里拿起撬棒绕过门口从边门进入厨房，好歹总算撬开了抽屉。原来，抽屉打不开是因为小钳子在里面顶住了。由于老妈是用撬棒硬将抽屉撬开的，小钳子"咔嚓"一声折弯了，完全不能用了。

不用说，老爸压根不知道这些，只是急得又跳又吼，披上外衣就朝屋外跑去。

"元太郎！家里就交给你了！你老爸耳朵听不见了，要是被汽车撞上那可就惨了。"老妈说完，急忙追赶老爸去了。

过了一会儿，老妈与老爸嘟嘟哝哝地说着话回来了。他们去了五官科医院，请医生取出塞在耳朵里的棉花团。

"初诊费什么的一共用去七百块，真是不幸中的大幸。医生说，耳朵是用来听声音的，不能堵住不让它听！"

　　老妈恶狠狠地瞪了我一眼，嘟哝着："元太郎，都怪你，都怪你不好！"

　　第二天我没去参加鼓笛队的考试。因为如果考试通过，整个暑假就要天天练习吹笛，要是那样的话，我不知道还会遇到什么大麻烦。归根结底，这都是老妈的错。

打火机最后的归宿

    暑假里，从老妈与邻居不经意的交谈中，我知道了成人世界里的一些严酷事实。

    平时在洗衣做饭的时候，老妈多半都在和邻居中川阿姨海阔天空地聊天。尤其到了中午时分，她俩一边看滑稽的电视节目一边嘻嘻偷笑，还不时地窃窃私语。我听到声音赶紧朝那里望去，她们竟然抱在一起哈哈大笑。

    她们还非常认真，积极参加电视台举办的明信

片谜语竞猜游戏。寄明信片时，老妈非要我去邮局。

"啧！老妈，你不是说过天上不会掉馅饼的嘛，却对免费谜语竞猜游戏这么感兴趣，真不像话！"我朝老妈发牢骚。

"免费什么呀！买明信片不就是出钱象征性投资吗！这不是等天上掉馅饼而是向机遇挑战。希望你这么理解。"

怎么理解要看话怎么说！老妈这么说分明是托词狡辩。

"老妈你这么说，我觉得太没有教育意义了。"

"啰嗦！老妈不是为教育而活的。"

"不过，这么热的天要我去邮局寄明信片，你可得给我买冰淇淋犒劳犒劳哟！"

"要是我有钱的话，冰淇淋那么便宜的冷饮，早就买给你吃了。"

我也觉得一直待在家里实在没劲，便不再坚持要冰淇淋就出门寄明信片去了。

我很少听老妈谈论有关时政之类的话题，一年

到头不是听她说物价太高就是听她说收入太少之类的抱怨，从来没有听她说过想出什么好办法了，太缺乏建设性了。

我寄出明信片后稍绕了点远路回家，半路上看见一个年轻的推销员用竹片在阴沟里捣鼓来捣鼓去。

"喂，里面有什么呀？是癞蛤蟆吗？"

推销员瞪着眼睛打量我，爱理不理地回答：

"我的打火机掉到里面了。"

"哎，我帮你找吧！"

"不用了，反正已经给我用旧了。"

"还能用吧？"

"是呀。"

年轻推销员一边说，一边看了一眼手表，随即丢下竹片。

"不要了吗？"

"不要了。"

"那好，要是我找到的话，那就算我的啦！"

"行, 行。"

"太好了!"

我急忙回到家里拿起铁锹, 穿上长靴返回沟边。比起老妈漫无目标地寄明信片, 还是我这样做更有目的性。再说, 这并不仅仅是打捞起来就完事了, 而是通过劳动而有所得。

我立即动手在阴沟里掏了起来, 可是怎么也找不到。既然推销员自己都放弃寻找了, 可见那不是什么高级货, 但是都忙到现在了, 还是继续掏吧! 说心里话, 这沟里的淤泥臭得把我的鼻子都快要熏歪了。

这时从沿沟边的围墙间隙里, 走出一个在里面住的阿姨。

"在这里干什么呢? 小朋友, 别在这阴沟里到处乱掏了! 里面净是细菌哟! 是不是钱掉到沟里了?"

"不是, 是……"

我一边说, 一边打算继续掏。这时阿姨说:

"是不是掉了什么重要东西?"

"嗯。"

"能值多少钱？"

"……"

"五十块？一百块？更多吗？"

"……"

那玩意我本人又没见过，我哪知道值多少钱。

"哎，要是就那么些钱，阿姨给你，你就别掏了，到底掉什么了？"

"打……"这话已经到嘴边了，但没有说出口。因为，要是说我这样的小孩子有打火机，大人是不会轻易相信的。我还在若无其事地在沟里掏来掏去。这时，阿姨猛地吼道：

"别掏了！这沟在我家门前。你随便乱掏，臭气熏得我们受不了了！"

"可是……"

"什么可是？到底掉什么了？"

"算啦！你要是给我五百块，我就不掏了。"

"五百块？三百块吧！"

"哼，其实值一千块呢。"

"各让一步吧,就三百块成交好了。你在这里等着,我这就把钱拿来。"

"好。"

我趁阿姨回家取钱的空当,又把沟里的淤泥掏起来堆在了路边。

找到了!闪烁着银灰色光彩的打火机终于找到了!我急忙把它藏了起来,这时阿姨出来了。

"喂,孩子,给你三百块!"

是收下还是谢绝呢?我总觉得把钱收下好像是欺骗别人。

"喂,快收下吧!这淤泥臭死人了!哎,你不要再在阿姨家的沟里掏了!"

"嗯。"

所谓的"狗屎运",大概就是这么回事吧?!除打火机到手外,我还赚了三百块。

回到家,老妈正在把晾干的衣服往家里收。一看到我,就立刻尖声叫嚷道:

"啊……怎么搞的……身上这么脏!你干什么

了？"

我想，如果老妈只是发发牢骚而已，那我就洗耳恭听什么话也不说，于是那样的想法导致我脸上浮现出笑嘻嘻的神情。

"你嬉皮笑脸干什么！傻乎乎的，快把衣服脱了！"

"好吧，把换的衣服拿给我！"

"你当我是佣人吗？"

"哪里，哪里。"

我趁老妈给我去拿换的衣服当口，赶紧把打火机塞到书包里，遵照老妈的指示去洗干净后换上了干净衣服。

"元太郎，现在是暑假，整天晃来晃去是不可以的，必须抓紧时间学习。"

"是。"我老老实实地走到桌子跟前，翻开课本。

老妈见状，频频打量我脸上的表情，然后问：

"我问你，元太郎，你今天怎么这么老实？是不是做了什么出格的事吧？"

老妈这么一说，我心里很不高兴。

"哪有啊……"

老妈将信将疑地看看我，回到厨房后又开始斥责起来：

"啊……啊……把衣服弄得这么脏，太不像话了！"

"对不起。"我不想跟老妈顶嘴。

"什么？你说对不起？"老妈返回到我跟前问。

"啊，是啊。"

"奇怪，你今天怎么变得这么有礼貌了？"

我彻底晕啦。要是顶撞，老妈会说我不听话惹她生气。要是不顶撞，老妈又会感觉太奇怪。我真不知该怎么做才好。

"你真的没做什么出格的事？"

"嗯。"

老妈又去厨房了。我拿出那只打火机，用卫生纸轻轻擦了擦后"咔嚓"打了一下，打着了！火苗确确实实地在晃动。

这时，老妈吼道："元太郎！"

我吓了一跳，还以为打火机被发现了，原来，老妈是在洗衣机跟前大声叫我的。我把打火机塞到口袋里，走到老妈那里。

"元太郎，说老实话，你究竟在外面做什么了？"

"没有啊……"

"没有吗？你不老老实实的话，我已经想好惩罚你的办法了。"

"你不信我也没有办法啊！我真的什么事也没有做。"

"要是什么也没做，衣服上怎么有这么多泥巴，口袋里怎么有三枚一百块的硬币。"

"啊！"因为心思全都集中在打火机上，我居然把那三百块钱的事给忘了。

"这钱是怎么回事？"

"我……我掏阴沟里的淤泥时赚了三百块。"

"真的吗？"

"是真的。"

"哎哎哎！你这孩子，平时求你做一点点小事，总是一脸的不高兴表情，可是你竟然这么乐意帮别人家干活，为什么？"

"因为是有偿服务才掏的。快把三百块还给我。"

"不能给你。在没说出让我信服的理由之前，我是不会给你的。我经常听人说，暑假里，很多小孩子趁父母管教稍稍放松的间隙胡作非为。"

"我真的没有做坏事，我刚才说的都是真的。"

老妈根本不信。那个……不过我掏沟是有其他目的，但三百块确实是因为挖了沟里的淤泥才得到的啊。偏偏……我不由心头冒火，冲着老妈发火了：

"老妈，你那么做简直和强盗没什么区别！"

老妈反驳："哼！我就是变成强盗也不允许你做出出格的事！"

"不是啊。我也不希望老妈你变成强盗啊！做强盗的孩子也没什么光彩的，我可丢不起这个人！"

"放肆！"我刚说完，老妈冷不丁地捶了我一下。

"哎哟！干什么？老妈，你不管什么时候总是不相信我，你以后会后悔的。"

"那又怎么样！后悔的是我，又不是你。"

老妈就是这种难缠的人，实在是太难对付了。

"看老妈你后悔得要死要活的，我会心疼的。"我说。

谁知老妈再次大声嚷嚷道：

"你这浑小子！"

想再跟老妈心平气和地交谈看来已经不可能了，于是又冲她喊道：

"干什么呀，难道是想打我吗？"

"你要是不听老妈的话，那就从这家里滚出去！"

"哼！这样的家我不稀罕！"

由于互不相让，我和妈妈吵起来了。应该说先挑起战火的人是她，可是她丝毫没有反省的迹象，还在凶神恶煞般地叫着：

"这话可是你说的！"说完向我猛扑过来，我躲

开了。

"这个破烂家,我不稀罕……"

"啊啊,那你走好啦!"

"我……"

我突然大脑一热,从口袋里掏出打火机"咔嚓"一声点着了火。

"你这浑小子!"

老妈见我点着打火机,瞪大眼睛朝我跟前紧逼。我跑到门口的换鞋间,拿起书包就朝外面跑去。其实,外面也没有可逃的地方。于是,我在公园里找个长椅坐下。经过一阵思索,觉得自己点燃打火机的行为有点过分,可老妈对待我的态度也好不到哪里去。这时,有人来到跟前,抬头一看是中川阿姨。

"元太郎,你在这里干什么?你妈妈非常担心你呀。"

"……"

"你要是说实话,你妈就不会发脾气啦。"

"哼!我说的都是真话啊,可她就是不信。"

　　这时有人从背后抱住我, 是妈妈。糟糕, 上当了! 在大人面前, 我们今后可不能麻痹大意。老妈按住我, 从口袋里夺走我通过辛苦劳动得来的打火机。

　　我心里直冒火, 感到喉咙深处火辣辣地疼痛, 朝着老妈吼叫:

　　"强盗, 强盗, 强盗!"

　　"闭嘴! 瞧你多丢人!"

　　"哼! 明明是你做了丢人的事, 还……你就是强盗, 强盗, 强盗!"

　　倘若我是老妈, 遇到这种场合, 打火机也好, 三百块也好, 我都归还给孩子, 可是我妈脸皮厚就是不还给我。从我们旁边经过的路人都吃惊地看着她, 可是她满不在乎。

　　"好了, 进屋吧!"

　　"不进去!"

　　老妈赶紧进屋, 可我还是在屋外喊"强盗, 强盗"。

"喂,喂,元太郎,又不是什么大事,吵什么呀!"

我一听老爸发话啦,于是就把事情发生的经过原原本本地向他叙述了一遍。

"好,明白了,我去说。"

老爸说了让我放心的话,接着三人坐在一起,老爸已经听过了我和老妈双方各自的陈述。

"哦,原来是这么回事。这么说,好像是妈妈的行为有点过分哟。元太郎,你是因为推销员放弃寻找才得到那只打火机的,然后又从那位阿姨手里得到三百块的对吗?"

"是的。如果认为我在撒谎,你们可以去跟那位阿姨核实!"

"那……就不必了。这样吧,他妈,你先把三百块还给元太郎。不过,我觉得打火机不能归还。小孩不能带着打火机的。"

老妈在旁边顶撞老爸说:

"什么呀!他爸,你这么说太不像话了!你是想贪污打火机吧?"

"你胡说什么呀！别胡说八道！我不是在晓之以理地劝元太郎吗？哎，元太郎，我是这样的吧？"

"嗯，不过，打火机不能给爸爸。"

老爸说："喂，你听我说，我也不知道你这孩子像谁，这么小气，好吧，让我看一下！你把打火机卖给老爸怎么样？"

"净是馊主意！"老妈说。

老爸怒气冲冲的。

"哎哎，好好好，算我胡说。"老妈说。

突然改变立场是老妈一贯的做法。而老爸说的也没有一句正经的，光是指责我的不是！这时老爸说了："哎，元太郎，把打火机给我吧！"

我反对说："不行！我要保管到长大成人那天自己使用。"

"你怎么那样呢！太小气了吧！要是你开个价我能接受的话，那就卖给我好了。"

"一千块。"

我狮子大开口。

"乱讲！就是新的也不值一千块,而且已经用很长时间了。即便开价一千块也应该打个折啊，这是行情！还有拾到的东西，通常要支付 10% 的感谢费。"

"那好,我不卖！说不定这是价格昂贵的高级打火机呢?！"

"好吧,你既然这么说,那我去核实一下。"

"好,你去核实吧。"

我站起来,老爸也站起来说:"我去！"

这时,老妈也站起来说:

"我也去！"

"什么? 你也去? 晚饭谁做? "

"偶尔去餐馆吃嘛！找个有空调的饭店……"

老爸一脸不愿意的表情,说:

"好吧,不过,在外面吃饭最好气氛不要那么沉闷！"

听了这话,老妈猛地噘起嘴说:

"知道了,知道了！哎,走,走！"

就这样，一家三口一起出门了。正如老爸说的那样，我总感到心里不怎么舒畅。老爸和老妈脸上的表情也像吞吃了黄连似的……

我们一边走一边在商业街上寻找钟表店的沿街落地橱窗。

"在那儿！"

仔细看了我手指着的橱窗里的打火机后，老爸又拿出我的打火机进行比较。千真万确！款式相同，不过售价竟然是五千块！

"呵，居然是五千块。"

老爸和老妈面面相觑。

"没办法！豁出去了，他妈，给他一千块好啦？"

"随便你！"老妈冷冷地说。

"怎么啦，态度别那么生硬好吗？"

"这个嘛，是从你爸爸零花钱里扣除的，我连半点牢骚也不会发！要是以后零花钱不够用了，只要家庭开支上不是紧巴巴的就行。一千块也好，两千块也好，随你的便啦！"

老爸不乐意了。其实，我根本没想把打火机卖给老爸赚钱，但是看他们满脸煞有介事的神情，我也假装动真格的了。

这时有人从我们身后朝橱窗打量，我一看到那张脸心里咯噔了一下，原来他就是把打火机掉到沟里的年轻人。

"啊，大哥哥，那个打火机我找到了。老爸，把打火机还给他吧，打火机是他掉的。"

"什么？"

老爸看看打火机又看看年轻人的脸。

"哎，元太郎，他不是说过找到以后打火机归你吗？怎么……"

"嗯，可爸爸刚才不是说了吗？小孩不能把打火机带在身上的。".

年轻人一脸不好意思的表情。

我从老爸手里夺过打火机，放到大哥哥的手上。

"谢谢你！这是朋友送给我的，我还以为并不值

几个钱呢。刚才，我发现橱窗里相同的打火机，售价要五千块，吃了一惊。哎，这是小意思，作为酬谢，请收下。"

年轻人给我一枚五百块的硬币，朝爸爸妈妈鞠躬后走了。

走进中华面馆，老爸依依不舍地问我：

"哎，真是他吗？"

"是的。"

"原来这样啊！我亏大了，要是不磨蹭就好了，痛痛快快拿出一千块迅速成交也就没这档子事了。"

"他爸，别说这种丢人的话，你想想看！元太郎没想过要把打火机卖钱，而是归还失主。这难道不是一种美德吗？我们做家长的应该表扬他才对！"

老妈对老爸进行说教。

"嗯，也对啊……"

"是啊！元太郎做得对，老妈为有这样的儿子感到自豪！"

"谢谢……"

道完谢后，我隐约察觉到老妈似乎还是不想归还那三百块，于是提醒她说：

"妈妈，三百块你还没还给我呢！"

老妈立刻怒目圆睁，吼道：

"小气鬼！你刚才不是收下五百块了吗？"

老妈真是太不像话啦！亲爱的读者，你能理解我的心情吗？

弄 巧 成 拙

老妈开始嫉妒我了。

说到老妈的嫉妒，通常对象是老爸，可是这一回情况不妙，对象成了儿子濑间元太郎，也就是我。我不得不加倍小心。

一天，我跟矢田秋子一起回家。她是我刚刚认识的新同学，最近才从别处搬到我家前面的住宅区居住。秋子快言快语，有点像假小子，我们很快就成了好朋友。

我们一起走着走着，忽然有汽车在我们身后狂按喇叭，然后停在我们旁边。原来，是秋子的妈妈。

"啊，真巧！"

秋子的妈妈说话的声音像黄鹂发出的啼鸣，婉转清脆。我老妈压根儿跟人家不能比，她的声音就跟青蛙被踩住时发出的叫声差不多。

秋子走过去对妈妈说："妈妈，元太郎和我们是同路，让他也上车和我们一起走吧。"

"行，行，请上来吧。"

无论做什么事都通情达理，不会光顾自己而不顾别人。在这方面，秋子妈妈显得很善解人意。我们坐上车后，秋子妈妈驾车前行。

秋子妈妈留着齐耳短发，跟年轻漂亮的女大学生似的。

"哎，你妈妈真漂亮，打扮得又时髦，我好羡慕你啊！"

我悄悄凑到秋子耳边这么说，没想到她大声嚷嚷起来：

"妈妈，元太郎说你又漂亮又时髦,还说羡慕我有你这样的妈妈呢!"

我慌得不知所措起来，心想这话不说该多好呀!偏偏她……可世上是没有卖后悔药的。秋子妈妈从反光镜看到我的窘态后,笑着说:

"是吗? 谢谢! 能受到女儿好朋友的喜欢,我感到很荣幸! 我想请你上我们家做客好吗? 请你吃蛋糕、喝茶……可以吗? "

秋子妈妈真好,我越发喜欢她了。刹那间,汽车停在去我家门前的巷口。刚才……刚才不是……难道请我吃蛋糕和喝茶只是说说而已? 我正大惑不解的时候,秋子妈妈说话了:

"哎,去跟你家里人说一下,我在这里等你。"

"不,我不去,征求他们的意见等于自投罗网,他们肯定不会让我出来的,我妈妈嫉妒心可强啦。"

我不愿意去说，可秋子妈妈反对，觉得带我出去必须事先征得我家大人的允许。其实，要是征求他们意见能得到允许的话，那我何必还反对呢!

"总之你要进去跟妈妈讲一声,不然,我就没有办法请你吃蛋糕、喝红茶啦。"

我嘴里嘟哝着,极不情愿地朝家里走去,看见老妈把裙子卷得高高的,正坐在檐廊上整理晾干的衣服。

"妈妈,我想去矢田秋子家玩,她妈妈说要请我去做客。"

"矢田秋子是谁?我怎么不知道这个人啊?"

不出所料,老妈瞪大眼睛死盯着我看,她的眼睛看起来好像浸泡在酒精里的标本。

"不准去,我要上街买东西,你必须在家看门做功课!你就要上中学了,还这么贪玩!"

"可是,难得有人请我客。让我去吧!汽车就停在巷口呢。"

"哎呀,还有汽车接!那好,我去帮你谢绝人家。"

"哼!真小气!"

"浑小子!不准你说我坏话。你最好别装模作样

去外面游逛。你要想吃蛋糕，我给你买十块、二十块都行。"

"根本不是那回事！你怎么还不明白？我简直无法适应你的那些习惯和说话方式。"

我说出了自己的真实感受。顿时，老妈虎起脸来："我哪里方式不好啦？哪里习惯不好啦？你倒是说说看！"

"哦……你吃完蛋糕用粗茶漱口，咕咕地把它喝到肚子里……"

"说什么呢？吐出来不是更脏吗？"

"你的习惯就是粗俗，不好！"

"啊，是吗？好了，好了，你想去就去吧！"

"哦，谢谢妈妈！"

"站住！我也去。"

我吓了一跳。老妈要是也去，去做客的事就变成泡影了，因为秋子妈妈只说请我一个……

"烦不烦啊！老妈。"

"浑小子，你以为老妈去是坏你事的吗？其实，

我是想到跟前谢谢人家。"

老妈为了核实情况来到车旁，跟秋子妈妈打招呼。她妈妈见状立即从车上下来，彬彬有礼地和我妈妈说话。这时候，我看见妈妈眼眸里闪烁着异样的光芒，好像也是嫉妒……总之，秋子妈妈跟我妈妈不一样，人家脸上有光泽，身上有芳香……

之后的两个小时左右，我都是在矢田秋子家度过的。她妈妈请我吃蛋糕、喝红茶、打牌，玩了一会儿后，她又开车把我送到家门口。

"对不起，我还要去别的地方，就不跟你妈妈打招呼了，请代我向她问好！"

"好的，谢谢你，阿姨！"

我一边目送驾车离去的秋子妈妈，一边在想，回家应该好好刺激一下老妈了。

"我回来了！妈妈，秋子妈妈真漂亮……"

我说完吓了一跳。

原来，老妈背靠柱子席地而坐，脸上散发亮光，双目紧闭，全身一动不动。

"咦！妈妈，怎么啦？喂，妈妈，不要紧吧？"

老妈仍然眼睛紧闭，腹部时鼓时瘪，这说明人还没有断气，但我还是很担心。

"妈妈，没事吧？你还活着吧？"

我伸手摸她的脸，也许老妈察觉到了，冷不防一下把我推开，她太粗暴了！我非常生气。被她这么一推，我不仅一屁股重重坐到地上，连脑袋也撞在了碗橱上，磕得生疼。

"疼死我啦！干什么？你呀，跟人家秋子妈妈就是不一样！人家会开车，会弹钢琴，学生时代是溜冰运动员，还去国外参加过比赛，英语也说得非常棒！英语漫画书什么，她能迅速翻译成日语解释给我们听呢！"

尽管那样，老妈脸上的表情还是像面具一样毫无变化，我又着急了。这时，老妈不慌不忙地睁开眼睛瞟了我一眼，瞬间又瞪大眼睛望着天花板，手移动到下巴处，从那里吱吱吱地开始撕扯起脸皮来。我吓得一身冷汗。

"妈妈,妈妈!干……干什么呢?"

"哼!为了像秋子妈妈那样漂亮,我必须剥掉一层脸皮!"

"脸皮"撕下后脸上没有出血,我感到不可思议,走到老妈边上仔细打量,可我忘了提防老妈,冷不丁被她一把抓住,还噼里啪啦地打了我几下,嘴里还说:

"我不说话你就当我软弱可欺啊?这巴掌就是我送给你的礼物!"

"疼哟!"我抱怨。可是,我察觉到老妈脸上发生了变化。

"啊,老妈,你敷什么了?"

"嘿嘿嘿,这呀,敷了用于美容的面膜膏……"

老妈详细跟我解说面膜是怎么回事:先把药物厚厚地抹在脸上,抹完了不要碰它。等到逐渐凝固成薄膜后,再像剥皮那样慢慢地把它撕下,于是堵在皮肤汗毛孔里肉眼看不见的灰尘,就会随着面膜一起消除,脸上的小皱纹也就平展了,皮肤就会变

得滋润柔滑,像年轻人的皮肤。

我想起电视广告上宣传的护肤产品，可是老妈脸上皮肤能达到广告里说的效果吗？

"原来是这样啊，老妈的脸看起来果然与平时大不一样。"

我假装肯定老妈所做的努力，她特别高兴,哈哈地笑着说:

"是啊,这么一来,老妈也变成美女了,以后我也学英语,考驾照,像秋子妈妈那样把美国《浪花曲》翻译成日语唱给你听。"

老妈还在那里瞎吹。我原先不知道敷在脸上的是面膜，还以为老妈真的把脸皮撕下来了呢，真是虚惊一场。

我得放松一下！也许用这面膜能变魔术吧？比如说"大家瞧！我可以瞬间撕下脸皮"，然后吱吱地撕下面膜后，会不会很有趣呢？把它敷在额头上，然后撕"额皮"，还可以清除汗毛孔里的污垢，那不是很好玩吗？

老妈不知道我在想什么：

"听好了，元太郎，这面膜的事要跟老爸保密！因为美容面膜的价钱很贵。另外，我希望给你爸爸一个惊喜，让他突然哪天感叹说：'哎呀！他妈，你怎么不知不觉地变成美女了！'好了！元太郎，把这面膜膏放到化妆台的抽屉里去。"

老妈说着，把装有面膜美容膏的扁平瓶子递给我。我把它塞到口袋里偷偷来到外面。

我想做实验，但是做这样的实验必须有人看，否则就不热闹啦。于是我把面膜膏抹在手掌和膝盖上，等到干燥结膜后去了广场。说是广场，也就巴掌那么大的空地，这多亏土地主人开出特别的高价才没有买主，我们可以时常在这块空地上进行恶作剧的游戏。

我走到广场上，看到平时听我使唤的小伙伴们在打三角棒球，就立刻把他们召集起来：

"喂，都过来！"

大家可能是三角棒玩厌了，眨巴着眼睛瞬间聚

集在我的身边。

"看好了，我现在把手掌和膝盖上的皮撕下来给你们看！"

说完，我把抹在手上和膝盖上的面膜吱吱吱地撕下表演给大家看。

我以为他们会"啊"地惊叫，可是周围鸦雀无声，个个脸上都是笑嘻嘻的。

"啊，我知道，你抹的是速干黏结剂！"有人不以为然地说。

"浑小子！要是抹速干黏结剂，那稀释剂就会使皮肤变得粗糙。要是抹在脸上，那就会烫伤皮肤。这不是速干黏结剂而是面膜膏，抹上后可以使皮肤变得滋润柔滑！"

听我这么一说，大家脸上这才浮现出惊讶的神情。于是，我兴奋地给他们脸上也抹了面膜膏。

"听好了，面膜膏很贵的，一般人是用不起的！"

大家觉得好玩，这里抹一点，那里抹一点，不一会儿，面膜膏就只剩半瓶了。

这下糟了……

面膜膏一下少了那么多，肯定会被老妈察觉的。我急忙把瓶子藏到口袋里，可是还有人嚷着要再抹一点，被我拒绝了。我离开广场往回家的路上走。

半路上碰巧遇上了老爸。

"干什么？元太郎。"

"没……没干什么……"

"口袋里是什么？"

"什么也没有。"

"你这个家伙，快拿出来给我看看！"

"我不！"

说完，我一溜烟地朝家里跑去。

家里，老妈正在厨房里做饭，我若无其事地对她说：

"老妈，老爸回来了。"

"知道了。"

老妈好像没有发觉到我把面膜膏瓶子偷出去的

事。但不管怎么说，我总觉得就这样把它放回到化妆台抽屉里有点不安全。

如果加点什么到里面，使它恢复原来的量，也许就不会被发现啦。

于是我找出一支装有工业糨糊的塑料软管，打开面膜膏的瓶盖，把糨糊吱吱吱地全挤到面膜膏瓶里了。这又不是什么含有稀释剂的黏结剂，应该不会伤害皮肤的。最后，我把面膜膏又悄悄放回化妆台抽屉里。

老爸回到家里瞪着眼睛打量我，但也没往下再问什么。

吃晚饭时，老妈时不时故意探出脸到老爸跟前。她这人是个急性子，她想很快引起老爸的注意，以便确认面膜膏的美容效果。偏偏老爸的视线一直就没离开过放在桌上的晚报，于是她假装不停地咳嗽。

"怎么啦？"老爸惊奇地看着老妈。

"哎……"说完，老妈不停地抚摸自己的脸给老

爸看，"看我的脸！"

"看什么？"

"你看看有什么变化没有？"

老爸不耐烦地扫了老妈一眼，漫不经心地说："你说能有什么变化？已经这把年纪了，哪里会有什么变化呢？"

说完，老爸又拿起了他的晚报。老爸也真是的，老妈难得这么有心情，他应该说一点让她开心的话，偏偏他却……这么一来，好像他要故意挑起事端一样。果然，老妈满脸不高兴：

"哎呀，你懂什么！"老妈挖苦似的说。

"我是什么也不懂！"老爸仍然边看报边说，连头也不抬一下。

"那个……俗话说，恋爱中的女人是会变漂亮的！"

"哦！"

"就算是我有那样的变化你也不会注意的。哼！"

也许老妈最后"哼"的一声发挥了作用，老爸总

算放下了手上的晚报，板起面孔朝老妈瞪了一眼。

"哼什么哼？想说什么就说！干吗非要转弯抹角呢？"

"没有啦，我只是想说自己就是头发都掉光光了，你也不会注意到的！"

"啊，是吗，对不起。"

老爸的道歉根本就是敷衍了事，一说完就立刻拿着烟灰缸坐到电视机跟前去了。我也很同情老妈，就赶紧过去把碗筷都收拾到水池里，轻声对老妈说："谁让你生活在日本呢，太遗憾了！"

"为什么？"老妈脸上满是困惑。

"在美国，听说有个丈夫吃饭时只顾看报纸而没有看妻子，结果两个人就离婚了。"

"啊，那把你老爸送到美国去好啦！哎呀，他要不了多久就会像秋子妈妈那样能说一口流利的英语了。你就等着瞧吧！"

不用说，我是觉得老妈想要漂亮本无可厚非。但是通过吵架的方法让别人承认她的漂亮，好像有

点太那个啦。那天晚上老妈悄悄去了化妆间，从抽屉里取出面膜膏。

"哎……老妈，别抹了！"我轻声劝道。

"少啰嗦！要是我抹上之后，能原封不动地敷一个晚上，第二天早晨一撕下，我就变成一个人见人爱的大美人啦，哈哈！"

天亮了，我被老妈的哭叫声吵醒了，睁开了眼睛，还以为发生了什么天灾人祸的大事呢。"疼，疼……他爸，疼、疼、疼死我啦……"老妈一边撕面膜，一边哭。

"他爸，我感觉脸上火辣辣地疼啊！"

听到老妈的惨叫声，老爸也赶紧起来了，本该早晨撕下面膜就可以变成大美人的"漂亮老妈"的脸上，现在却布满了红斑。一张脸斑斑驳驳，难看极了！总之，我万万没想到事情会发展到如此地步。

"喂，他妈，你是不是瞒着我吃了什么过期的保健食品吧？"

"你胡说什么呀！"

也许是格外心急火燎,老妈使劲地推搡老爸。

"你以为推我你就不疼了吗?"

老爸本想训斥老妈,可是看着满脸红斑的老妈朝他瞪眼睛,也就不吱声了。

我不知道如何是好,想老实坦白,又怕一旦说了实话,难免会被教训。老妈发怒时的酷刑,我早就领教过了。

老妈怒气冲冲,拿着那瓶面膜膏去药房臭骂。大约一星期后,又轮到药房的人来到家里也是一阵臭骂。终于,面膜膏里掺有工业糨糊的秘密暴露了!

老妈一把抓住我,不由分说噼里啪啦一阵暴打,老爸吃惊地劝阻老妈,然而老妈就是不停手,还边打边哭。我也哭,因为挨打的是我又不是她。

我想反抗,不过一看到脸上涂满了白色消炎药膏的老妈,心里滋长了怜悯之情,也就不再反抗她了。

总之,怪我不好,可是光挨打不还手的滋味实在难受。我真想大吼一声:再不住手,我就——

难写的命题作文

那天学校老师们召开紧急会议，学生下午放假。我从学校一回家，就发现家里铁将军把门。在平日里放钥匙的花盆架下，我摸到一张纸条，上面写道：

我在美容院，实在有急事再来找我。

原来是这么回事。看来，老妈是去美容院了。

虽然有字条，但找不到开门钥匙，我觉得蹊跷，

老妈兴许把钥匙放错地方了?

如果真是那样的话,那我就顺水推舟,以此为借口顺便去美容院看看也不错。今天的家庭作业,尤其那篇文章晚上再完成,于是我就决定去那家美容院。

我把脸贴在美容院的厚玻璃门上朝里窥探,发现老妈正坐在窗边看着手上的杂志,脑袋的上半部分被嵌入在电饭煲模样的烘发器里。

我一个劲儿地朝着她看了好大一会儿,我执着的精神才总算传到了她身上,她的视线终于离开杂志朝我这里望了望。但是,她像看陌生人一般,看了很长时间才发觉我是她的儿子,于是微微瞪着眼睛,打手势示意我进去。

我推开门朝老妈那里走去,这时她大声叫嚷起来,那声音差点儿把我的耳朵都震聋了:

"鬼鬼祟祟干什么!这地方可不是你随便可以来的!哎,我不是留字条了吗?"

"不是说有急事也可以来吗?"

谁知老妈接下来的叫嚷声比刚才还要响亮：

"什么！说得再清楚一些！我听不见！"

"我是有事才来找你的！"

"什么？"

老妈好像是因为脑袋上罩着烘发器，听不见我说的话。无奈，我只好把手伸到她鼻尖那里说："钥匙！给我钥匙！"

她冷不防打了一下我的手说："什么？居然来这里耍无赖要钱……给我放规矩点！"

老妈真的什么也听不见，这让我大伤脑筋。琢磨了一会儿，我又做了个把钥匙插入锁孔转动的手势。

"什么！电视？你爱怎么看就怎么看，没必要什么都问我。"

烘发器导致她双耳失去听觉，我实在是无可奈何，什么话也不说了，朝店门旁边的衣架看了一眼，找到上面挂有老妈的购物袋后，赶紧去那里取下购物袋走到老妈跟前，当着老妈的面从购物袋里取出

她的钱包。这下,老妈开始发疯似的嚎叫起来啦:

"干什么! 浑小子! 你这个强盗!"

老妈的叫声太响,惊动了美容师。美容师快步跑过来,掀开罩在老妈脑袋上的烘发器。

"不是的! 我是要找钥匙。"

我用刚才的语调说,老妈吓得捂住了耳朵。

"你怎么这么大声,再小点儿声我也听得见呀!"

估计美容师已经把烘发器上的电源切断了。

"钥匙? 在一直放钥匙的地方啊!"

"晕! 那里没有找到才来问你的啊。今晚有家庭作业要做呢!"

"哦,我又没说家庭作业可以不做呀。"

老妈装模作样地一边说,一边从钱包里取出钥匙递给我。我接过钥匙放到口袋里,重新把手伸到她跟前。

"干什么?"

"给我一百块钱。"

"什么！快回去做家庭作业！"

"嘿嘿嘿，你的事情我可以写吗？"

"什么事情？"

"我这就回去写。"

"我不是说了吗，赶紧回家做家庭作业！"

"嘿嘿嘿，我会写的。"

"写什么？"

"写老妈。今天的家庭作业是写作文——《我的妈妈》。"

老妈诧异地看着我，我嬉皮笑脸地重新把手伸过去说：

"喏，快给我一百块钱！我就写你有教养，关心我，长得漂亮，善解人意。行不行？"

她一边看着我，一边把手伸到钱包里，但是手很快又缩回来了。

"元太郎，你这不是敲老妈的竹杠吗？"

"快给我一百块。"

"想得美！快给我回家！"

我也觉得自己这样做有点儿过分，于是就打消了要钱的念头，离开了美容院。

半路上，我又去了趟书店，站着翻了一会儿杂书，打发了一段时间后才回到家，我把作文稿纸摊在桌上开始写作文。《我的妈妈》这个题目看似简单，可是写起来却无从下笔。

"我的妈妈，她叫濑昌安江，她……"

说到我的妈妈，长着一对三角形眼睛，也许是经常吼叫的缘故，嘴唇朝外凸出。唉！如果换作矢田秋子的妈妈，那就好写多了，还可以写许多许多。例如，会弹肖邦的钢琴协奏曲;会开车，会……但是，这篇作文必须写自己妈妈，真伤脑筋。

当然，我更不能写平日里诅咒老妈的坏话。要是实事求是地写老妈坏话，像向老师告状似的，心里也觉得不是个滋味儿。

过了一会儿，老妈回家来了，还给我带来了奶油炸面圈。这样的好事，平时很少见到的。

"哎呀，怎么一点都没写呢！"

我默默地看着她。之所以这么看,并不是想从她脸上找什么灵感,而是觉得她今天一反常态,脸上居然出现了平日里罕见的善解人意的笑容,说:

"哎,元太郎,如果可以,我来替你写作文吧!"

我大吃一惊。迄今为止,老妈还从来没有主动提出过要替我完成作业。我还真怀疑自己是不是耳朵听错了。

"怎么写?"

"这样写好啦,听着!"

这时,老妈朗诵似的说道:

"我的妈妈唯一的缺点就是嘴巴啰嗦,但是她非常勤劳,外表看上去要比实际年龄年轻许多,长得也漂亮。我的爸爸工资不高,所以妈妈常常会精打细算地过日子,还能为我买我想要的东西……"

"不行!这样写也太过分了!我不能净写妈妈的好话,写作文要实事求是。"

老妈也许感到自己说得确实太露骨了,难为情地笑着朝厨房走去,转眼间又在厨房里用奇怪的颤

音唱起歌来，好像是想打动我。听着听着，我就开始像热锅上的蚂蚁一样坐立不安起来：

"老妈，拜托别发出哭一般的声音好不好！"

"胡说！你懂什么？认真听我唱歌！这可是俳人永村农三创作的歌词。"

> 哎，妈妈哟，我的妈妈，
> 疼爱我，日夜守护着我。
> 哎，妈妈哟，我的妈妈，
> 深情的母爱，比海还深。

我被迫听她唱歌，心里烦得不得了。老妈看着气急败坏的我，温柔地说：

"今天晚上，老妈做你最爱吃的咖喱饭。"

"谢谢老妈！不过，我还是要在作文里写你不好的话，我不要写刚才装腔作势温柔的老妈，而是要写平日里真实的老妈……具体怎么说呢，就是写妈妈如何以居高临下的态度欺压小孩子的全部罪行。

你现在千万别跟我耍手腕儿，再温柔也没用啦，我也很为难哟！"

"哼，你是说说实话比老妈的面子还重要吗？"

"不是那么回事，你根本不明白我的意思……"

"好吧，我明白了。那……那你喜欢怎么写就怎么写吧！"

老妈尽管那么说，可还是给我端来脆米饼和茶。

"这是热茶，别烫着。"

"我说过不要茶的。"

"哎呀！你耳朵里好像有耳屎，我帮你掏好吗？"

"唉！你还让不让我写啦！"

"好好好，别说话啦，快写吧！"

"写不成啦！根本没法写！"

"那好，你去公园散散步，换换心情怎么样？"

"可以去吗？"

"可以，可以。"

我被老妈笑嘻嘻地送到门口，接着来到公园。做

家庭作业做到关键时刻，老妈居然送我出门让我去玩，这还是有生以来头一回。我虽说感到不安，但最终还是来到公园。

那里有好多女孩子正在打羽毛球，其中一个是我们班的。她过来跟我打招呼：

"元太郎，和我们一起打羽毛球吧！"

"好，打一局也好！"

本人羽毛球打得超棒，女生们就是因为知道我的水平才邀请我的。同意和她们一起打球，是为了让她们在我的指导下得到锻炼。

这时，我发觉好像有人正目不转睛地注视着我。朝那目光看去，居然是老妈。她正笑嘻嘻地看着我。每次我打出好球的时候，她还会在边上拍手鼓掌。

"元太郎，加油！"

大家都吃惊地望着老妈，她则笑嘻嘻地朝那些女生们弯腰鞠了个躬。

"元太郎……这大概是你妈妈吧？"

"嗯，是的……"

我无可奈何地回答。话一出口，大家就"扑哧"地笑了，他们满怀同情地望着我。真是太丢人了！我不能再继续下去了，情绪开始有点冲动起来：

"老妈，你为什么老跟着我呢？到那边去好不好……"

"好，好。"

老妈语气温和地答应着。我以为她真回家了，可没想到接下来她居然又坐到对面的长椅上了，嘴里不时地叫嚷："元太郎，加油！"还朝我不停地挥手。我实在是没有心思再打了。

"谢谢你们，我得走了！"

我谢了她们之后，一溜烟地朝家里跑去，可是到门口了却进不去，因为钥匙在老妈手上。过了一会儿，她终于回来了。

"哎，元太郎，现在能写了吧？"

"能不能写，要写了才知道啊。"

"不行，你这是情绪问题。只要下决心写肯定能

写出来的……"

我又坐到了桌子跟前，老妈搬了只凳子紧挨着我坐在旁边。

"哎！老妈，能不能坐到那边去？你这样在旁边盯着我，我就跟考试一样紧张。"

"好，好。"老妈终于从我旁边挪开了，她去屋后面把晾干的衣物收回家。我把《我的妈妈》这个标题先写在纸上，然后再写上'作者：六(2)班 濑间元太郎'。刚写到这里，老妈又来啦。我不再管她，继续往下写。这时，老妈嬉笑着说：

"啊，正写呢！好呀，终于会写了。"

"妈！"

"哎呀，太奇怪啦，写你老妈又不是写陌生人，写我你还需要这么动脑筋吗？"

"是啊，我在回忆平日里的老妈，可你现在的言行举止却与平时完全不同，我的思维全被你搞得乱套了！"

"是吗？我现在与平时不一样吗？"

"是啊。"

"嘻嘻嘻,是这样啊。可能是因为去美容院自己脱胎换骨了吧。"

老妈根本不明白我的苦恼。无可奈何之下,我决定不再搭理她,但是她的举止又使我不得不理,我实在是受不了啦。

嗨,这个题目的作文有你在旁边是写不成的!因为我不能让老师不明白我妈妈到底是怎么回事……

不过,这也不全是她的错!其他同学都在作文课上完成了,我当时没有时间写。因为,我和义介扰乱课堂纪律而被老师安排到教室角落里罚站,所以这篇作文就变成了家庭作业。

我把铅笔叼在嘴上,两眼蒙蒙眬眬的也不知看哪里,这时老妈又来到我身边说:

"哎,元太郎,光想说好话,作文是永远也写不好的,把我写得一般般就可以了。妈妈在你眼里是什么样就什么样?你就照实写吧!"

　　"妈妈，我知道啦。难道你觉得关心我的作文比做晚饭还重要吗？"

　　"对啊，对啊，今天晚上做什么好吃的呢？你想吃什么？只管说吧！"

　　"不知道。"

　　"这就难办啦。"

　　"刚才，你不是说做咖喱饭吗？"

　　"对对对，我差点儿忘啦。"

　　说完，老妈去了厨房，从厨房传来她毫无顾忌的哈哈笑声。我知道，老妈这是在提醒我写作文时笔下留情。我问她：

　　"怎么啦？"

　　"是这样的。老妈我呀，太粗心大意了，刚才从美容院回家的路上应该顺便去超市购物的，偏偏忘得一干二净。你说糊涂不糊涂，呵呵呵……"

　　我心里明白老妈的真正用意，她的过分文雅让我感到很不耐烦。这时，我大脑里的思路开始被接连不断的哈欠取代了。

尽管那样，我还是在老妈做咖喱饭的时候写了一行字。

"元太郎，咖喱饭做好了哟，要是肚子饿就先吃饭好啦！"

"嗯……"老妈趁我不注意，一把夺过作文本。

"嘻嘻嘻，好像写一些了！什么？什么？'我觉得我的妈妈大致还可以……'你要表达什么？什么大致还可以？你倒是说说。"

"我理解你的意思了！那后面就是具体解说'哪些方面还可以'了。"

"如果知道那就赶紧写啊。"

"你不说我也会写的。"

要是老爸听到这样的吼声，肯定会"啪"地一拍桌子，猛地站起来去网吧里消磨时间。

可我还是个小学生，去网吧会被人赶出来的。

这时候老爸回来了。这会儿的他，对于我来说简直就是救命稻草，我指望他能帮我解围。

老妈笑嘻嘻地跑到老爸边上。

"你回来了，今天好像比平时回来得早啊！"

老爸有点儿不是很高兴，说：

"哪里早啦，今天回家的时间跟平时是一样的！"

"怎么，没有加班吗？"

"你那么希望我加班？"

"怎么会呢！你回来得早我高兴还来不及呢！"

老爸疑惑地看着老妈问：

"喂，他妈，你是不是哪里不舒服啦？今天距离发奖金的日子还有一段时间呢。"

"嘻嘻嘻……"老妈笑而不语。要是在平时遇上这种情况，他俩肯定互不相让，甚至发展到破口大骂。可是今天，老妈一直在竭力克制着自己。

吃饭的时候，老妈频频朝老爸微笑，可是老爸还是像往常那样边吃边看晚报。对此，老妈什么埋怨的话也没说。

吃完饭，老爸又是拿起烟灰缸非常随便地躺在电视机前面。突然，我感觉到有一双眼睛在盯着我：

"元太郎,你应该抓紧时间继续写作文,写完再看电视好吗?"

"嗯。"我一边答应着,一边眼睛还是盯着电视看。

"喂……他爸。"

"什么事?"

"嗯,这话有点不好意思说。元太郎写家庭作业了,能否请你把电视关了?"

老爸吃了一惊,关掉电视机后板着脸紧盯着老妈问:

"你不会有什么事吧? 就连说话的语气都不一样了。等等,你是在哪里拾到钱了吗? 拿出来!"

"开什么玩笑。"老妈用手整理了一下头发,随后"扑哧"一声笑了。老爸忐忑不安地拿出杂志就地躺下,接着从杂志的边上望着老妈,歪着脑袋思忖:

"哎呀,元太郎,要是还写不出,那就要怪你自己了。老妈为你营造了这么好的环境!"

"嗯。"可是,手里铅笔就是动不了,不管写什么

都觉得是虚假的，就像老妈现在的举止那样。我写了擦，擦了写，再擦，再写……心情越来越沉重了。这中间，老妈还是这样那样地关心我，还给我削苹果。我终于开始发脾气了，朝她吼道：

"老妈，求求你别管我啦！我一点也写不下去了！"

老爸也说话了："是啊，你妈妈今天的表现跟平时好像换了个人似的，大概有什么隐情吧！是拾到钱还是把钱掉了？居然这样讨好我们父子俩。喂，快老实交代！"

老妈用发狠似的目光看着我，可这能怪我吗，要怪就怪我们班主任大木光子老师布置的讨厌的作文。我也开始同情起老妈来了。

"喂，怎么啦？到底你是怎么一回事！"老爸还在逼问。刹那间，老妈像火山一样爆发了：

"元太郎！我才不在乎呢，随你怎么写好啦！"

接着，她朝老爸狠狠地瞪了一眼：

"哼，我是为元太郎的家庭作业才尽量克制着

自己的。可是你却把我的克制当作软弱，老虎不发威你当是病猫啊！看来你是不想让这个家里唯一的女人变得贤淑啊？我难得去美容院漂漂亮亮地回来，彬彬有礼地伺候你们，你们还想怎么样？"

话还没说完，就恶狠狠地向老爸猛扑过去。瞧！在这样的氛围里我能写出作文吗？简直是……

中奖风波

老妈用厌恶的眼神看着我发牢骚："现在的孩子根本靠不住！"

可是我倒认为靠不住的是大人们，我之所以说这话是有充分的事实根据的。大人们总是强迫小孩子做他们不愿做的事。我倒很少听说，哪个小孩强迫大人做不愿意做的事。

一天，我们居住的这座城市在建市十五周年那天举行了热闹的庆典活动。我们六年级学生代表学

校出席了纪念建市象征的市民中心大厦落成典礼。会上，大家唱起了市歌，还领到了一份纪念品。庆典活动结束后，大家都逛街去了。

商业街上，几乎所有商店都在举行"建市十五周年促销活动"。出乎意料的是，我在那里居然碰到了老妈和中川阿姨。老妈正在大礼包摇奖站嘎啦嘎啦地摇转盘。

"喂，等一等，妈妈，是我，让我来转吧！"

我飞也似的跑到老妈身边，大声嚷嚷道。

"瞎说什么呢，摇奖还是老妈的手气好一点儿。"

她不让我转。

"咦，真小气！"

这时，中川阿姨替我说话了：

"哎，濑间夫人，你就让元太郎转吧！小孩子没有欲望说不定能中奖呢。"

偏偏老妈说的话让我很不满："什么？这孩子没有欲望？他利欲熏心，在小孩子中间是少见的。"

"什么，真的吗？如果真那样就让他试试好了，像这种执着的孩子说不定能摇个大奖呢！"

我附和着说：

"是呀，我有预感，这次绝对能摇上大奖。哎，老妈，求你了。"

"说不行就不行！"

"那好吧，我可以放弃摇奖，但是作为补偿，你得给我一百块钱。"

"哎，中川夫人你听到了吗？你能说他是没有欲望的小孩子吗？元太郎，走开！我决不会给你钱的。"

无奈之下，我决定不要这一百块钱了。由于老妈的嗓门特别大，旁边的人都瞪着眼看我，实在太难为情了。老妈要我让开后，朝手心吐了一口唾沫，手摇着转盘，还一个劲地叫"哎呀呀"。

"扑通！"里面掉下一颗红色弹子，是鼓励奖，奖品是餐巾纸。

"活该！"我想说，可是忍住了。我要是这么说，老妈也许会在街上当众把我摔倒在地上。

老妈尽管是因为自己手气不好才得了鼓励奖，但她却一边讨厌地瞪着我一边数落：

"瞧！都怪你。"

"打住！是你自己摇转盘的！"

"是我摇的，但是你心里肯定在诅咒老妈得鼓励奖！"

老妈信口雌黄指责我。中川阿姨在一旁劝说道：

"濑间夫人，你别说了，大家都在看着你们呢……别怪他了,元太郎,拿我这张券摇吧！"

我十分感激：

"阿姨,我太谢谢你了。"

我把中川阿姨的摇奖券递给服务员，把手搭在转盘摇柄上。这时,老妈却在一旁说风凉话：

"哼！再摇也是鼓励奖！"

中川阿姨不高兴了。这也情有可原，因为我是用她的摇奖券摇的。阿姨给我打气：

"加油,元太郎！"

"肯定不行。"

老妈又在说不吉利的话,阿姨怒气冲冲地说:

"元太郎,不要听你妈妈废话! 你要集中注意力,祈祷后摇转盘!"

"嘿! 再怎么祈祷也都是白搭。不行就是不行! 反正我在祈祷他得鼓励奖。"

我屏住呼吸,闭上眼睛,全神贯注地祈祷上帝保佑,然后开始摇转盘。"扑通!"掉下来的居然是红色弹子。

"哎,瞧瞧,哈哈哈……鼓励奖,鼓励奖,哈哈哈……"

中川阿姨格外生气,拿着鼓励奖餐巾纸,叽里咕噜地发着牢骚先回去了。可是老妈还没有察觉,说:"呀,中川夫人,怎么嘟嘟哝哝地发牢骚回家啦……"

"都怪你! 妈妈。我摇的是阿姨的摇奖券,可你却叫嚷'鼓励奖,鼓励奖'的,把她给气坏了吧!"

"啊? 原来是这么回事啊!"

"你真笨！老妈。"

"哼，反正是老妈笨！但是追本溯源，这也是你的错呀？因为你摇奖注定是鼓励奖。"

"你说什么！你不也是鼓励奖吗？"

老妈虽然一时语塞，然而她是不会轻易认输的。

"说什么！你尽管嘲弄你老妈好了。不过我今后有许多报复你的机会。比如早上要去郊游，我就把闹钟拨慢一个小时。去教室听课，我就大声朝你吼……我只要想吼就不停地吼。"

老妈真的很讨厌，我立刻从她身边逃开了。

"站住，去哪儿？"

我装作没听见，躲在人群里让老妈先回家。这里凑巧有个鲷鱼烧烤店，我很喜欢观看烤鲷鱼的制作过程。先用竹片不停地把馅儿塞到洗干净的鲷鱼肚子里，再把精白面粉浆舀到铜壶模型里，把塞有馅子的鲷鱼也放到铜壶模型里，然后把另半边模型盖上，最后翻来覆去地烘烤，很快就烘烤完毕了。说

心里话，我很想试着做一回，以便长大后也开一家鲷鱼烧烤店。

"哎，小朋友，买几个？"

年轻人问我。

我摇了摇脑袋。

"怎么，不买吗？"

年轻人问道。

"我长大想开一家鲷鱼烧烤店。"

"什么？"

"到那时候想吃多少就吃多少，就不需要花钱买了。"

"别说傻话！要是那么吃肯定亏本！好了，不买就回家吧。"

不过，与其回家跟老妈在一起，还不如看烤鲷鱼有趣。

"喂，大哥哥，尾巴也卖吗？"

"啊，是的啊！"

"真狡猾！"

"喂喂,你这么说话是要影响我生意的。你呀,再怎么看我也不会免费给你的,想吃就得付钱。"

"嗯,不过,只看看应该是免费的吧？"

"看是免费的,但是你一直是这么直勾勾地看,那我可要收取观摩费喽。"

人不可貌相,这个年轻人还真是个小气鬼。我开始想象他读小学时是什么模样。由于一个劲儿地盯着他看,他瞪了我一眼,说:

"看什么看？"

"大哥哥,你读小学时想过将来要做烤鱼师傅吗？"

"什么？"

"要是想过长大当烤鱼师傅,学习就可以不必那么用功了。"

"喂,喂,别说啦。瞧！烤坏了吧！喂,这给你,快回家去！"

"谢谢！"

我没打算免费吃烤鲷鱼,但手还是不由自主地

伸过去接住。

嗬,运气来了……

我暗自庆幸，一边吃热乎乎的烤鲷鱼，一边返回摇奖站。刚才的服务员换班了，接班的是两个年轻姑娘。我目不转睛地看着她们,脸上笑嘻嘻的。

"哦,不可以进去。再怎么笑,没有摇奖券也是不能进去摇奖的!"

"让我试试吧!"

"不可以!"

"哼! 小气鬼! 以后会嫁不出去的!"

我没好气地骂她们。于是,年轻姑娘发火了,把一个鼓励奖的红色弹子朝我扔来。我想扔还给她,正要弯腰拾红弹子的时候,我看到眼前的地面上掉有摇奖券。

有办法了! 如果把摇奖券拾起来集中在一起的话……

因为集满五张用过的摇奖券,就可以进去再摇一次啦。于是我开始寻找摇奖券,到处搜寻,费力地

寻找。不一会儿，就找到了四张，再有一张就够了。

这时老爸来了。紧要关头却出现了这么一个人。

"你在这里干什么？"

"没……没干什么呀。"

我急忙装作什么也没做，可是老爸一边朝前走，一边侧过脸将信将疑地盯着我看，冷不防身体一下子撞在了水泥电线杆上，顿时他四脚朝天倒在了地上。

"这混账电线杆！"

老爸骂道，他迅速爬起来一把抓住我说：

"不要在这儿转来转去啦，快回家做功课！"

他自己撞了电线杆，却拿我当出气筒。哎呀，孩子在大人面前总是吃亏的。不过，也难怪老爸会拿我当出气筒，他左眼上部都撞得肿起来了，还擦破了皮，伤口正在一点点地往外渗血。

我被挂了彩的老爸拽回家里。

老妈也真是的，分明看见老爸回家了，却装作

没有看见似的。

"喂，男主人脑袋撞在电线杆上受伤回来了，而作为这家最重要的人物，你偏偏装作没看见似的，怎么能这样呢？"

老爸豁出去似的吼道，老妈也并不甘示弱：

"哼，多半是走路时把注意力集中在年轻漂亮女人的身上，脑袋才撞上电线杆的吧。"

"什么？"老爸又大声叫道，但是又好像想起什么好笑的事儿，"扑哧"一声笑了，"哎呀呀，你说得太对啦，啧啧，那姑娘身材确实苗条，还身穿迷你装，一对水汪汪的大眼睛目不转睛地看着我。那么漂亮的小姐，就连我们百货公司咨询服务台那里也没有见到过！"

老爸居然开这么大的玩笑，太不像话了。

"哼！高兴了吧！撞到电线杆才醒悟啊！"

老妈大发雷霆，是老爸这番话刺激了她，偏偏老爸火上浇油又说了让老妈更为生气的话。

"是呀！我今天在场外赛马彩票交易赚了一点

零花钱,一直在想买礼物送人。既然是礼物,就要送给让我心情舒畅的人。"

老妈凶神恶煞般的目光注视着老爸,也许老爸左眼上部渗出的血映入了她的眼帘。

"呀,出血了,让我看一下!"

"哎,我不要你看。那个漂亮小姐对我说:'哎呀,大哥,出血了,我来给你上点儿红药水吧。'"

"哦,是那样啊?真那么说了的话,你就让她给你上吧!"

要是老爸刚才那句话不说就好了!偏偏……我趁机从家里溜了出来,心里老想着要是再找到一张摇奖券就可以摇奖了。还真没想到幸运之神马上来到了我的头上,在门口我总算又捡到了一张摇奖券。

"嘿!有了这张就可以摇奖了!"我立刻朝摇奖站跑去。

"哎,大姐姐,我把五张券凑齐了。"

"你这券太脏了,等于没用。"

"再脏也是券呀！"

"算了,摇吧！"

"请保佑我中大奖吧！"

"你这小机灵！好,预祝你中奖！"

"好！"

我静下心来开始摇转盘。"扑通"一声,一颗白色弹子掉落下来。

"啊,恭喜你中了五等奖！"

大姐姐说完,从后面架子上取下外面用包装纸包装着的一个盒子递给我。

"这里面是什么？"

"是彩色紧身衣和连裤袜的套装！"

开什么玩笑！这东西对于我们大老爷们一点儿用也没有。

"你要是把这作为礼物赠送给你妈妈,我想你肯定会得到更好的回赠的。"

原来还可以这样啊。虽然这位大姐姐长得不怎么漂亮,但是她给我出了一个很好的主意。老妈非

常小气，不知她能否像大姐姐说的这样。不过，万一计划落空，我还可以把它卖掉变成钱呢。

我急忙回到家里。老爸正盖着毛毯打瞌睡，老妈还在厨房里沉默不语。这种时候就是把这份珍贵的礼物送给她，她也有可能背朝着我不理不睬，给了等于白给，姑且等有机会再说。

为了等待时机，我悄悄把奖品盒放到壁橱里，不凑巧被老妈发现了。

"干什么？鬼鬼祟祟的，把手伸到壁橱里干什么？"

"没……没干什么呀。干吗这么问呢，老妈对我的态度最好再温和一些就好了。"

"说什么呀！你们父子俩都嘲笑我，我这个做妈的还有什么好说的！与其嘲笑我，你倒不如和老爸一起去浴室洗澡。我已经把你们的替换衣服准备好了。"

说完，老妈粗暴地推开我，拉开壁橱门看到那只盒子。

"啊！别碰，那是我的！"我说。

老妈看看盒子又看看我的表情。

"这是什么？"

"嘿嘿嘿……是紧身衣。"

"紧身衣？你怎么有这玩意儿？"

"盒子里还有连裤袜呢。"

"所以呀，我要问你是怎么回事？你在听我说话吗？"

"嘿嘿嘿……我要是说了实话，老妈你会发脾气的，所以我不说！"

我想说"摇奖"的事，偏偏老妈好像误解成其他什么事情了，冷不丁跑到老爸那里把他摇醒。

"老妈，你误会了，这跟老爸没有关系。"

老妈不听我解释，只是瞪着眼睛问我："你问老爸要钱了？老爸大概告诉你什么秘密了吧。"

"你误会了！"

老妈仍然不听我说，眼眸不动弹了。老爸被胡乱摇醒后，正眨巴着眼睛看着老妈：

"什么事？"

"他爸，你老实交代。刚才你说漂亮姑娘的话是真的吗？你说那话是当真的？"

"说什么呢……哦，那个呀？嘿嘿嘿，当然是认真的啦。"

老爸要是否定就好了，偏偏他想故意气气老妈。终于，老妈脸色煞白，一下子发怒了。

"哼！我终于明白了！你是想让那个漂亮姑娘穿紧身衣裤……嘭嚓嚓，嘭嚓嚓，跟她一起跳舞是不是？"

"啊，没错呀，那姑娘跟某某人的啤酒瓶腿可不同哟，细白修长，紧身袜穿在身上美极了！嘻嘻嘻……"

"喂，讨厌！"

眼白在老妈眼眶里占了一大半，嘴唇都气得苍白。

"明白了！去把这拿给两腿修长的姑娘吧，完全没必要在我面前显摆，还要放在我一眼能看到的地

方！"

老妈说完把盒子扔到老爸跟前。

"咦，这是什么？"

老爸表情茫然地看着盒子，因为他不清楚这回事。老妈说："装什么糊涂啊！"

老爸疑惑地撕开包装纸，打开盒盖，里面确实是连袜紧身衣裤。

"这……这……这东西，我……我怎么知道是怎么回事啊！"果然，老爸慌张起来了。

"妈妈！"我不能再袖手旁观了，想走到他俩中间解释，冷不防被老妈一把推开：

"滚一边去！还轮不到你出来说话。与其帮腔，你倒不如去把剪刀拿来！剪刀！"

"拿剪刀？为什么？"

"不为什么，快去！"

眼下，老妈已经什么也不顾了，眼神直愣愣的，根本就听不进我说什么。这让我感到不知所措，不晓得应该怎么做才是，我迟疑着。老妈见状亲自拿

来剪刀,稀里哗啦地剪坏盒子,拽出紧身衣,张开剪
刀:

"老家伙,你说不知道是吧? 好,我再问你一遍,
是真不知道吗? "

"啊,不知道啊。"

"是吗? 那好,我要把它剪成一块块的。"

"好好,你剪,你剪! "

我惊讶不已:"别剪,这是我的东西! "

我从老妈手里夺过紧身衣,他们两个都睁大眼
睛看着我。

"哼! 想把它剪坏是不是? 那我自己来! 难得送
老妈礼物,却没想到成了你俩吵架的导火索。像这
样的东西,我不费吹灰之力就可以剪成布块! "

我要夺老妈手上的剪刀,她急忙把剪刀藏在背
后。

"这……这……这是怎么回事? "

"这不是我偷来的! 这是我一张一张地收集摇
奖券,然后去摇奖站摇奖中了五等奖得到的奖品。

反正是不花钱的，看来它是不该属于我们的啊。"

刹那间，老妈赔着笑脸道："哎呀，元太郎，都怪老妈不好。"

"不，老妈丝毫没什么不好，是老爸开玩笑过了头，他不应该嘲笑你的。其实，老爸是侧过脸朝我瞪眼睛才撞上电线杆子的，并不是因为看什么陌生女人造成的。这么说，老爸也没什么不对。再说我吧，老妈在摇奖站过分地看不起我，于是我总想着再去那里摇一次奖，结果摇了个五等奖。应该说，我也没什么不对。总之，是这套紧身衣裤不好，为了家庭和睦，由我来剪。来，把剪刀给我！"

这时，老爸和老妈犹如猛虎扑食似的一起朝我扑来，仿佛是在我解释时他俩已经商量好似的。今后对于他俩，我还是不能因为是自己的父母就麻痹大意。

紧身衣裤被他俩夺走了！我的一片真情会换来相应的回报吗？

唉！老妈太不像话了。

爸爸的催眠术

已经忘掉的事，最好永远不要再想起，但是这很难做到，它一定会不知在什么时候什么地方再次浮现在你的脑海里。让人最头痛的就是记起来的那一时刻。

吃完早饭，我想起自己忘了做数学家庭作业。更糟糕的是，这件事突然浮现在脑海里的时候我正在闹情绪。要是此刻我的脑袋能像裂开般疼痛，或者体温能上升到体温表爆炸的程度，那就好了。然

而，事不凑巧，难如人愿。所谓现实生活，就是这么残酷，人生总是曲曲折折的。

老妈总是不让我轻轻松松地请假，我要是身体不舒服或者发烧什么的，她还是会不管三七二十一地嚷嚷着："上学去，体温降下来后再回家！"

有一天早上，我比平时稍稍提前一点儿出门，先跑到梅原悦子家里。悦子就住在大路边上的咖啡馆里，同学们称她"咖悦"。

"啊，元太郎，难得见你来我家！接我上学吗？好像又回到幼儿园的时候了耶！"

悦子嘴角上好像粘了甜烹海菜和红色颗粒的咸明太鱼子之类的东西，她嚅动着嘴巴说。

"不是的，我只是想抄你的家庭作业。"

"什么？家庭作业应该自己做啊！"

"这道理还用你说啊！"

"那好，你自己做吧！"

"啊，你这么说的话，那学校午餐里的蘑菇和辣椒我不再替你吃啦，牛奶也不代你喝。"

悦子跟我同班，从这学期开始我们是同桌。

"好吧！"说完，悦子回家去拿了。她真是天真得很。

片刻后，我见她拿着练习簿回来了，就笑嘻嘻地说："谢谢你，我太喜欢你了。"

"说什么呢！明明是喜欢我的作业本，却……不过呢，里面也许有做错的。"

"没关系！我交上去的家庭作业要是没错，反而会遭到老师怀疑，他会说：'该不会是你妈妈做的吧？'"

悦子"扑哧"一声笑了。

"那个……说实话吧，我的家庭作业也是妈妈帮我做的！我装作故意忘了，临睡前说太困了自己做不出来，还哇哇地哭。于是，妈妈一边发牢骚一边帮我完成。"

"哎，你妈妈真是太善良啦！"

"嗯，不过，妈妈也觉得麻烦，她只是敷衍了事，我想里面肯定有不少错。"

"如果确实有做错的,那你应该向她发牢骚。"

"不行啊,我上次为这事发过牢骚,没想到妈妈说是故意做错的。她还说,要是养成家庭作业由妈妈做的坏习惯,那可就惨了。"

我其实也明白这道理,让家长做家庭作业是不对的。但是做"家长"的也太轻松了吧!什么都能说出个理由。我真希望自己尽快长大成人,把悦子娶回家做"妻子",然后对我俩的孩子说"爸爸小时候学习是非常用功的",并严格管教他们。

前不久老妈因为我的成绩哇啦哇啦地大发脾气,我不服气地说:

"对不起,我已经很小心地保护你给我的这个榆木脑袋啦,现在它还是不好使,这能是我的责任吗!"

"做不做作业是一回事,脑袋好不好使是另外一回事,讨厌学习是决不允许的。"

"那,你可不可以考虑做一些让我一吃就变得爱学习之类的菜呢?"

　　她认真思考起来。按理不可能有这种菜的啦，烹调别的菜肴也许是老妈的长处，偏偏……于是老妈接下来信口开河：

　　"哎，元太郎，吃老师或者吃聪明人的脑浆会怎么样呢？"老妈问。

　　"别说了！我可不是食人族。"

　　"哦，这样啊……嗯，那，猩猩呢？聪明猩猩的脑浆呢？"

　　"老妈，你怎么分辨聪明猩猩和愚蠢猩猩？"

　　"让它们参加考试啊。"

　　"你是要我吃考分高的猩猩脑浆喽？"

　　"是的啊。"

　　"哦，如果是聪明猩猩，它知道自己脑浆要被吃就不可能卖力考高分了。"

　　"啊，那倒也是，哈哈哈……"

　　家长不用上学实在是太轻松了！嘲笑我们后还哈哈大笑。这我也就不计较了，但是真希望他们能设身处地地为我们想一想！

凭借梅原悦子让我抄的家庭作业，我打算蒙混过关。可是，老师这工作是能使人性格变得相当怪僻的一个职业。课堂上，老师居然让我解说练习簿上正确答案的计算方法。

老师让我解说计算方法，然而我的答案都是抄别人的，我怎么可能知道解答的方法呢。无可奈何，我只好老实坦白作业是抄别人的。

老师也许情绪相当不好，一怒之下就把我抄的家庭作业举起来示众，这太让我难堪了。实际上，说老实话是不一定有好结果的。

那天一回到家，老妈就直愣愣地看着我。

"嘿嘿嘿，我明白老妈想说什么话了，大概是要叫我看书做功课吧。"

老妈顿时火了，说：

"怎么能不说呢！你要是不想学习，最好就什么都不用学了，使劲地玩，当留级生吧！"

"你想说的原来是这话？对您的关心表示衷心感谢！"

老妈说了这么丧气的话,我索性不买账,来一个针尖对麦芒,但是我哪里是她的对手呢!

"放正经点!"

说完,她使出全身力气把我摔在地上。要是组建女子专业橄榄球队的话,我想老妈肯定第一个被选中。我被重重摔在地上时,脑袋磕在门槛撞得生疼。像这样惩罚我,即便脑袋聪明,早晚也会撞迟钝的。

我一脸严肃地告诫老妈说:

"听好了,妈妈,你冷静下来认真地听我说!也许因为你老是说'看书做功课!看书做功课',我反而变得不想学了。就算是无奈之下勉强硬着头皮学习,脑袋里也什么都装不进去。既然如此,倒不如把健康放在第一位,让我去外面玩个痛快呢。"

"你原来是这么想的?"

"这不是明摆着的吗!一个是老在不情愿地朝着桌子叹气,和上次来咱家的那个山上一样老气横秋,另一个是轻松愉快,性格开朗,你说说喜欢哪一

个？"

"嗯……"

老妈陷入沉思。其实，这是把老妈注意力从我身上引开的战术。趁这当儿，我又溜到外面去了。是呀，这也算是给她慢慢思考的机会。我跑到义介家里看田鼠。义介饲养日本犬已经没有希望了，他开始饲养田鼠。不过，那田鼠好像被他训练得很听话。

我时而在义介家跟田鼠玩，时而带上田鼠去公园玩，这段时间过得非常轻松。傍晚回家，我没有径直进屋，而是决定先绕到屋后观察家里的动静后再说。老妈非常执着，有时我忘了自己做的事，她却忘不了。

我轻轻推开自己家的檐廊门，眼睛朝里窥视，看见老爸正在换衣服，好像是刚回来。

"喂，他妈，元太郎怎么啦？"

"哎呀，他刚才在家里跟我胡搅蛮缠，趁我不注意偷偷溜出去了。这孩子鬼点子多,会钻空子,脑袋相当聪明！"

"哎！我不赞成你说那种无聊的话！上他的当并不因为元太郎脑袋聪明，而是说明你愚蠢！总之，看到他后把他拽到我这里来！"

"哎，那孩子又做什么不正经的事了？"

"你别管啦，你把他带到我这里来就是了。"

"怎么啦？"

"你真啰嗦！什么事也没有，我是说快把他带到这里来。如果见到他，你就说我要给他五百块或者一千块。"

"你真的给他吗？"

"不给！"

"哦。不过，这孩子去哪里了我也不知道，最近，他的行动范围变大了，根本不知道他在什么地方玩耍。不过，他吃晚饭时肯定回来。"

"这样啊，那好，吃了饭再说吧！这野小子，我要慢慢地调教。"

老爸不知道我在偷听他和老妈之间的对话。我还不曾被老爸调教过，老妈果然不安起来。

"哎,等等,他爸,你不会对元太郎怎么样吧?"

"你说什么呀!我今天从一个大学教授那里听说了个好的测试办法,想在他身上试试灵不灵哟!"

危险,危险!老爸把我当作实验对象了。要使大脑通风良好,脑袋就会被开孔。这怎么受得了呢!

老爸原以为只要给五百块或一千块,我就会俯首帖耳地任他使唤。看来老爸也没什么人情味,更不可能慷慨解囊给我那么多钱。倘若他说给我五十块,我也许会上当受骗任他摆布。但尽管那样,我还是不认为他会白给我钱的,他肯定会让我替他做事。比如命令我挖沟啦,把死老鼠送到卫生防疫站去啦,等等。

稍后,老爸从包里拿出宣传小册子看了起来,神情十分严肃。

"他爸,是学习吗?"老妈问。

"啊,为了可爱的孩子,家长四十岁还得学习啊……"

老爸说这话时连头都没有抬一下,老妈见状觉

得不可思议，走到他跟前看是什么。

于是，老爸立即敏捷地把宣传小册子藏在身后。

"干什么呀！小气鬼！"老妈不满地说。

"嘿嘿嘿，古语说得好，蒙敌先蒙己。"

"奇怪！你那么做也是古人的主意吗？"

"别嘟嘟哝哝地发牢骚！过一会儿，你就会对我佩服得五体投地啦……"

"哎呀，你要是会做饭烹调，担起所有家务，那我才会佩服得五体投地呢。"

"别净说没用的话，总之是十分令人叫绝的办法，嘿嘿嘿……"

老爸越来越可疑，我可要提高警惕！可是这时候我已饿得眼冒金星，下午连点心也没吃就跑出家门的。

是呀，不管怎么说，老爸总不至于做实验把我塞到车站投币式自动保管行李柜里吧？我这么大个，不会被轻易塞进去的，然而我还是不能麻痹大

意！

我那么想着，一边加倍小心，一边忐忑不安地走进家门。要是老爸的举止有一丝一毫不对劲，我就会飞也似的逃走或者顺手抓起跟前的东西朝他扔过去。我这叫"正当防卫"，是法律允许的。

"喂，你回来了！"

老爸很少这样主动过。我还没有开口说"我回来了"，他就微笑着朝我打招呼。老妈的眼神也让我觉得可疑。我想起以前读过的童话《硬邦邦的大山》，故事里的貉咬死老奶奶后又装扮成老奶奶，把汤送给老爷爷喝，说这是用貉熬的汤，其实那是用老奶奶熬的汤。

目前这个爸爸也许就是假扮的。眼下，他似乎在想方设法不让我有丝毫怀疑。他说：

"他妈，咱们开心吃晚饭好吗？"

老爸用这种态度说话，我有生以来还是头一回听到。他策划的阴谋也许就是"愉快的晚餐"！但是就要被阴谋陷害的人怎么会愉快进餐呢？我心惊肉

跳,魂飞魄散。

老爸吃晚饭时，笑嘻嘻地把他那份菜夹到我的碗里，我更加魂不守舍，甚至感觉不出自己究竟在吃什么了。要是平时,晚饭一结束,老爸便直挺挺地躺在电视机跟前。但是今晚不知什么原因，他居然帮着老妈把碗筷收拾到水池,然后还帮忙擦餐桌。

我总觉得"灾难"快要降临到自己身上了,摆出一副随时逃跑的架势,半弯着身体,视线不停地追随并观察老爸的动静。

"好了！"说完，老爸看着我"扑哧"笑了。

瞧,他果然要行动了,果然要行动了!

"元太郎,你来,坐我对面位置！"

老爸主动坐到桌前，用下巴示意我坐到他对面的座位。我心想,要是随随便便地坐下去,也许来不及应付难以预测的倒霉事。

老妈从厨房里出来，将信将疑地坐到桌前。

"怎么啦？哎,坐下！"

"爸爸,我今天有家庭作业,全班就我一个人布

置了家庭作业,不做不行的。"

"怎么回事?"

这时,我觉得即便挨上两三下巴掌或者拳头,也比被当作奇怪的实验对象强。我把被老师重点关照布置了家庭作业的来龙去脉说了一遍。

"为什么会这样啊!"老妈叫道。

"哎呀,等一下!"老爸制止老妈。

"被布置了家庭作业,那正好哟!"

我不知道老爸说"正好"是什么意思,浑身哆嗦着坐到离老爸最远的位置。

"听好了,元太郎,想请你在做家庭作业前做一件事,不过不是什么危险的事。你放心吧!听好了,老爸现在给你稍施催眠术,不过这玩意儿对智商低的人不起作用。这么说好像有许多理由。总之,实验对象,也就是被催眠的人,如果听不懂催眠人说的话,就可以判定为智商低。"

听完这话我放心了,觉得老爸的催眠术没什么大的动作,不会搞什么注射和针灸之类的。

"现在，你要按我说的做！首先把双手朝前伸出，手掌合拢。"

我以前听说过，对"催眠术"很感兴趣，一直想试试。老爸想让我做什么呢？总之，我姑且老老实实地按他说的做就是了。

"听着，然后把合在一起的两手的食指弯曲成圆圈，弯曲的食指中间要留出头发丝一样的空隙，像似挨非挨的状态，眼睛要目不转睛地看着那里。"

我按照他说的做了，然后若无其事地斜眼看着老妈，发现她也在认真地做着与我相同的动作。这时，老爸语气严肃地说：

"听好了，眼睛要紧盯着食指间隙！喂！瞧！空隙快要没有了，快要没有了，快要没有了！一定要有空隙，必须保持头发丝那样的空隙，坚持住，坚持住，坚持住！好了，瞌睡来了是吧？瞌睡开始了。啊，好，好，上下眼皮变得重了起来，变得重了起来，上下眼皮要合上，要自然合上。瞧，身体在往下沉，往下沉，渐渐地，渐渐地往下沉。沉啊，沉啊，沉啊！好，接下

来身体朝前趴下，朝前趴下，朝前，朝前……"

这时，我旁边传出"呼呼"的声音，我不由得循声望去。真让人吃惊！老妈完全被催眠术缠上了，朝前趴着鼾睡起来。

"喂，老爸。"我悄悄把老妈睡着的事告诉老爸。没想到老爸也惊呆了，对老妈说：

"喂，他妈，我是给元太郎施催眠术！在元太郎身上没起作用，在你身上却起作用了。奇怪！"

这时，老妈紧张地看着老爸，"扑哧"一声笑了。

"讨厌！"老爸用力拍桌子吼道，"他妈！听我说。"

老爸拍桌子的声音吓得老妈跳起来大声嚷道："干什么？想吓死人啊！"

"放正经点！我说过催眠术对智商低的人不起作用，但是这与孩子他妈没有关系！来，元太郎，重新开始。"

我察觉老爸的额头上已经渗出汗水，说明他是非常认真的，于是我决定让他的催眠术产生效果。

"老爸，差不多了，该停止了吧！不然的话，我没有时间做家庭作业了。"

"什么家庭作业？"

我把数学练习簿拿来摊开给他看。

"瞧！要从这里做到这里呢。"

"什么？就这么点，很快就能完成的。好了，按照刚才说的把手伸向前面……"

"是。"根据老爸的命令，我开始从头做起，一直做到身体朝前趴下。

"哎，根本就没家庭作业，根本就没什么麻烦，看书做功课是愉快的事，啊，啊，愉快啊，愉快啊，愉快啊……"

我希望老爸少说这样的玩笑话。虽说我没有过被催眠的经历，但我听说过被催眠的人在催眠过程中不能说话。为了当一回孝子，我决定假装让催眠术在我身上发挥作用。

"停一下，他爸，元太郎睡着了。"老妈激动地喊道。

"这是理所当然的喽，因为催眠术发挥作用了嘛！别说话！接下来才是关键的。啊……坏习惯不要隐瞒，要全部暴露出来。啊，看书做功课很愉快的！眼睛睁开后会立刻看书做功课的，而且拼命看书做功课。听好了,拍三下手眼睛会睁开的,眼睛会睁开的。一,二,三！"

老爸一边说一边啪啪啪地鼓掌。但是，我现在睁开眼睛什么事也做不成了。

"怎么啦,元太郎,睁开眼睛！"

"讨厌,他爸,怎么睁不开吗！"

"奇怪啊,催眠术指南书上说,只需轻轻拍手提醒就完全可以了。"

这时，老爸和老妈不由得担心起来，没有章法地拍起手来。尽管那样,我还是装作昏睡的样子。

"他爸,不要紧吧？"

"应该没事,我又没有给他服安眠药！书上说,要是当场没有醒来,过一会儿会醒来的,把被子盖在他身上吧。"

"没办法啦,只能这样。"

我决定顺水推舟就这样睡到明天早晨,打算把家庭作业没有完成的责任推给老爸。是呀,也许老妈不得不帮我完成家庭作业!嘿嘿嘿……

魔鬼也想变天使

　　老师又布置作文了，这回比较难写，题目是《我们的希望和生存的意义》。据说，这篇文章将会收入我们的毕业纪念文集。说到"生存的意义"，我实在想不出来什么。吃过晚饭，我看见老爸把脚伸在取暖桌下面心不在焉地看电视，便问道：

　　"哎，老爸，你生存的意义是什么？"

　　老爸朝旁边正在织毛线衣的老妈扫了一眼。他刚和老妈为抢遥控器发生过争执，最终还是老妈占

了上风。无奈之下,老爸只好无精打采地看着正在播放的家庭电视剧发呆。

"生存的意义嘛,就是……就是一天工作下班后能美美睡上一觉吧。"

"睡觉?不是工作?"

"工作?原来是说工作啊……是呀,想想我的一天吧!每天早晨,我躺在温暖的被窝里鼾睡,那感觉仿佛被天使温柔地拥抱在怀里。可是你老妈却像患上腮腺炎一样鼓起腮帮,犹如屋脊两端的鬼头瓦那般,用破喇叭般的嗓音在床边吵,还野蛮地掀我身上的被子把我弄醒。

"起床后慌慌张张往嘴里扒几口饭后就跑出家门,乘拥挤不堪的电车去公司上班。在挤得不能动弹的车厢里,乘客们酷似腌菜坛里塞得满满的腌萝卜,相互紧紧挨着无法转身。直到前不久,还有大学毕业的年轻股长经常这样嘲笑我,说我是濑间元建筑公司总经理和栋梁。这人太损了!

"我喝完闷酒回到家里,没想到你老妈绷着脸

在等我回家，不是稍稍绷着脸，而是像吹小号那样腮帮鼓得像馒头。说起话来，像一长排反坦克火箭筒射击那般，连珠炮似的埋怨我。我脸上到处是后悔的泪水，挨骂后好不容易钻进被窝，当时的感觉就像被天使拥抱那般。

"可是早晨的时候，你那酷似屋脊两端鬼头瓦的老妈又来了，破喇叭般的嗓门又响起来了，双手又开始掀我的被子……"

老妈不高兴地干咳了几声。老爸也许觉得自己说得有点儿过火，说了声"我出去一下"便出门了。我稍微有点紧张地看着老妈。

"哼！他不是去围棋俱乐部就是去网吧。"老妈说着叹了一口气，"元太郎，老妈的生存意义不是像你老爸说的那样老板着脸哟！"

说到这儿，老妈把正在织的毛线衣放在下面的榻榻米上。

"元太郎，老妈也不喜欢一年到头吵吵嚷嚷的，无论早上还是晚上总是哇啦哇啦地叫唤。最近报纸

也刊登了，说这样吼叫对健康和美容都不利的！其实，我也希望自己成为善良的天使。要是真能成为天使的话……"

"难道不可以吗？"

"那是明摆着不行的啊，我不可能变得那样！"

"但是，我们老师说了，人只要不断努力，动机与结果会一致的。"

"可是，如果可以的话，老妈从明天开始就可以成为天使。"

老妈说了一句奇怪的话。

第二天早晨非常寒冷，我被老妈粗暴地叫醒了。我睡眼惺忪，磨磨蹭蹭的，于是老妈像往常那样用拳头捣我，不过表情很奇怪，她笑嘻嘻的。我吓得不知所措，睡意全无了。

"哎，洗漱完了赶紧喊醒你爸爸。"

老妈脸上仍然带着笑容，说话的声音也很委婉动听，以前压根儿就没有这样过。我洗漱完，由于手太冷，就把双手伸到取暖桌下面取暖，原以为老妈

会笑嘻嘻地来到我身边,可她又冷不丁地捣我。

"疼！"

"快按我说的做！"

老妈说这话时脸上依然带着笑容，我不由得目瞪口呆地看着她。

"我说过了，我从现在起要像善良的天使那样尽最大努力面带微笑。我也拜托你，不要惹老妈发怒。"

老妈一边微笑，一边这么说。也不知怎么我突然害怕起来，立刻去叫醒老爸。老爸似乎不知道老妈这番变化，打了个又响又长的哈欠又睡了。也许老爸是被善良的天使抱住起不来了吧！"

"爸爸,起床了！"

我摇晃老爸。老爸不再打哈欠，但依然没有睁开眼睛的迹象。我继续使劲地摇晃，大声嚷道:"老爸,老爸！"

终于，他微微睁开眼睛了，说:"讨厌,离我远一点！"

"我现在可以直接问爸爸吗？"我困惑地看着老妈,老妈仍然面带微笑,说:

"别在乎,你就在他的肚子上踩一下看他怎么样。"

不管怎么说,踩肚子还是有点过分。对我来说,老爸毕竟是老爸,于是我也实施拽被子战术。也许老爸已经习惯了,他就把身体跟着被子一起转动,还几次三番地朝我瞪眼睛。有趣的是,他从我手上拽下被子又回到原地继续睡。

我没有罢休,走到老爸跟前又是踢脚又是挥拳头,能用的招数都使上了,然而老爸身体仍裹在被子里,不知是怎么回事。

我吃了一惊!

"不行,必须让老妈喊。"

"你喊不起作用吧？"

"怎么能那么说呢！喊老爸起床本来就是老妈您的责任！"

"你真会说话。"

老妈笑眯眯地坐到老爸的枕头边上，轻轻地掀开被子温柔地说：

"哎，到时间了，快起床！哎，快起床啦！"

老妈耐着性子反复叫了好几遍，然而老爸不是那种说起床就起床的人。老妈温柔地叫了一会儿还是没有结果。

"哎，元太郎，你大概明白了吧？像天使那样根本是喊不醒你老爸的。"

"嗯。"

我开始同情老妈，毫不犹豫"咚"地一屁股坐到了老爸的肚子上。

"哎哟！"果然老爸像受惊吓似的跳了起来，接下来轮到我遭殃了。

"浑小子，你竟敢恶作剧！"

说完，老爸穷凶极恶地朝我扑来。我大吃一惊，闪开后立即躲到老妈背后。

"浑小子！到这里来！"

这时老妈说话了："他爸，你能否看了时间以后

再说呀？"

听老妈这么一说，老爸赶紧看时间，随即嘴里发出悲鸣声：

"哇！他妈，都到这时候了，你怎么还笑嘻嘻的？"

"我早就喊你起床了，可你嘴里却不停地发出嗯嗯的声音。"

老妈仍然面带微笑说。

"说嗯嗯的时候已经迟到了！再说那也是随便说说而已。"

老爸还为自己辩护，我惊呆了，抗议说：

"你怎么那么说呢！明明是怎么喊你都不愿意起床，还为自己……"

"讨厌！我没说你！"

这时，老妈又面带微笑着说："其实，我也说了叫你快起床，到起床的时间了，还反复说了好多遍呢！"

"你这么笑嘻嘻的，真让我茫然不知所措！真不

明白你怎么那么高兴。还有你喊我起床的方式我也无法接受，真不知是喊我起床呢还是把我当孩子哄我睡？"

老爸气呼呼地说完开始穿衣服。

"喂，为什么把衬衫袖子剪了？快把它接起来！"

"哎呀，这是夏天穿的短袖衫！你要穿的衬衫早已放在枕边了。"

"说话别慢悠悠的！来这里帮我一下啦！你在干什么呢？"

"哦，我在给你盛饭！"

"傻瓜！你以为我还有时间吃饭吗？看看时间再说话！都什么时候啦！"

老爸说话的方式确实有问题！稍后，老爸不吱声了，转眼间一骨碌地又钻进被窝里了。

"莫名其妙！你不能再睡了。"

"说什么呢！今天我不用去公司上班！大清早这么吵吵嚷嚷的能上班吗？"

说完，老爸又把被子盖在身上。

"哎，多亏有老妈这么善良的天使！我明白了，老爸这人根本不能好好沟通。真伤脑筋！"

我同情老妈，因为老爸每天早晨都这样磨磨蹭蹭的。

这天我们班上午没课，是学校最后一次家长会，按理老妈要参加。可是,我回到家里看见老妈在编织毛线衣。

"咦,老妈,你没去学校开家长会？"

"你老爸去了。"

"什么？老爸去了？哎,真积极呀！"

"是的。因为是家长会,你老爸才找到请假的理由。还有,他也是家长嘛。嘻嘻嘻。"

"你是像天使那样温柔地对老爸说的吗？"

"是的,是那样说的。嘻嘻嘻。"

"他去参加行吗？"

"行！我说班主任大木老师既漂亮又是单身,于是他就高高兴兴地去了！"

"嘻嘻,老爸大脑真是简单。"

　　大约一小时过后，老爸神情严肃地回来了，一看到我和老妈就说："我好难为情啊！"

　　我警惕起来，摆出随时逃离取暖桌的架势。

　　"我最近没在学校里闯祸啊！"

　　"是呀，总之，你们先听我把话说完。"

　　我们就像吃饭时那样，面对面地把脚伸到取暖桌下。

　　"成绩单呢？"老妈催促老爸往下说。

　　"成绩嘛，从我儿子的角度考虑也就那么回事，不必再说了。老师说他学习态度差，言行举止有点过分，脾气一上来就大吵大闹，情绪不大稳定。"

　　"这是怎么回事？"

　　"喂，你别急嘛！"老爸说完，翻开写得乱七八糟的家长会记录。

　　"哦……老师说这是家庭环境造成的。是这么回事吧！还说妈妈……这是指你哩，问妈妈做事说话有没有考虑后果，是不是比较冲动，是不是打过元太郎、骂过元太郎。"

"怎……怎么能那么说呢!"老妈感到不满,"那你是怎么回答的?"

"我没其他办法,只好实话实说了!"

"怎么能那样说呢!你又不是一年到头从早到晚都在家里呀!偏偏……亏你说得出!"

老妈在斥责老爸。

"哎呀,我也是没有办法啊!"

"什么没有办法呀?"

"因为,对于元太郎,你确实是经常不问青红皂白动不动就骂啊揍的。可你却不严格要求自己,做事又冒冒失失的……"

"喂,你说这话有根据吗?"

"哎呀,冷静点!虽然不知道你具体是怎么冒失的,但是据说你是学校老师家长联谊会的分会长,有一次开会时让参会者都喝了放盐的红茶,有这回事吗?"

"那……那是因为我错把盐当作糖了嘛!"

"嗯,这就是冒冒失失啊!还有,你在百货公司

特别柜台那里拽别人身上的大衣，说要买下。"

"讨厌！那是很久以前的事了。因为那夫人的体型跟我非常相似，正在穿上脱下地试。我心想，如果有她合身的大衣我就买下，于是紧盯着她。果然有一件跟她非常合身！她正要脱下，我就上前替她脱，并把大衣拿到收银台结账。没想到她惊叫说那是她的大衣……"

"嘿，你是冒失吧！还有厨房搁板上的面包满是霉点。一看到冰箱里放有脆米饼觉得奇怪，转眼又忘了被水蒸气打潮的火腿和淀粉里放有私房钱的事啦，居然用那样的粉制作淀粉圆子……啊，当然淀粉圆子是不会说话的。嘿嘿嘿……"

这时，老妈表情在剧烈变化着，我的心脏也开始狂跳不止。

"那怎么可能呢！学校老师怎么会知道这些呢？我真不晓得她是从哪里打听来的。当然，你是不会把家丑抖搂给老师听的。好吧，我去学校问问！"

话音刚落，老妈已经像子弹飞出枪膛那般飞也

似的跑走了。

顿时,我感到全身的血液都凝固了。其实,老师对老爸说的那些话,完全来源于我写的那篇作文《我的妈妈》。

老爸对我说:"你妈妈确实像你在作文里描绘的那样,冒冒失失,爱发脾气。瞧! 眨眼间就跑走了是吧?"

"老爸,你为什么要一五一十地全说出来呀? 我要你承担全部责任。"

"责任的事暂且放一下! 你写作文也太不讲技巧了!"

"嗯,反正已经这样了。"

"别灰心,我不是那意思! 其实,你在作文里也夸奖了妈妈,不过要是顺序颠倒过来就好了! 你在文章一开始就批评老妈,这种写法不妥。人嘛,是要听表扬话的,听了好听的话就什么都忘了。

"通常,前半部分要举例表扬,后半部分再指出美中不足的地方。像这样写,即便批评得过头一点,

你妈妈也不会放在心上的。然而，你的那篇作文一开头就是数落，即便是后面再怎样夸奖，妈妈被刺痛的心也是不会好过的。"

"老师会给老妈看那篇作文吗？"

"是啊，多半会给她看的，老师对我说：'如果是元太郎的妈妈去的话，那就给妈妈看啦，不过现在先请元太郎爸爸看一下。'"

"哎呀，糟糕！"

我觉得糟透了，没想到那篇作文居然会被老师当作与家长交谈的材料，怪不得我一直在琢磨老师批改后为什么不把作文还给我。

作文的结尾部分，我是这样写的：

不过，她还是一位非常出色的妈妈，只要能放下架子与我交谈，她应该会理解我的内心想法。我非常爱我的妈妈，她生气勃勃，有时像吵架对手，有时像我的姐姐。哪一天长大了，我要用领到的第一份工资买

许多烤鱼孝敬她。

老爸忘了追究自己的责任，一本正经地说："孩子是家长的翻版，家长的言行举止最容易影响孩子。总之，你老妈哇啦哇啦的是有点过分。"

对于老爸的观点，我没有随声附和。因为我心里清楚，没把老妈当作善良天使的人，不是我，而是老爸。老爸压根儿不明白自己的过错，依然兴致勃勃地继续演说：

"总之，家长在孩子面前不能一味地只顾自己的感受。孩子嘛，也有孩子自己的想法，作为家长必须理解！说到这方面，你妈妈呀，压根儿就没有那样的谦虚精神……"

我没有吱声，离开取暖桌走到书桌那里，因为老爸的话我实在是听不下去了。就这样的评价，老妈也太可怜了。

老妈无精打采地回家了。也许在思考什么，她站在门口发愣。

"孩子他妈,干什么呢？到这里来吧！"老爸说。

老妈呆若木鸡地走进屋里，慢慢吞吞地把两条腿伸到取暖桌下面。

"怎么啦？冷冰冰的表情！"

老妈小声答道："头疼。"

"见到老师了吗？"

"嗯。"

"看作文了吗？"

"嗯。"

我脱口说道："老妈,我给你铺被子好吗？"

"我又没求你！"

老妈瞪着眼睛朝我吼，转眼间脸上浮现出一副可怜巴巴的表情说：

"求……求你了！"她嘟嘟哝哝地说。

我疑惑地看着她,不知道是铺还是不铺。

"元太郎,对不起,帮我把被子铺好！"

"是。"

我急忙把老妈的被子铺好。这时老爸的眼睛不

知朝着哪儿看，呼呼地抽着烟。老妈脱下毛线衣和裙子,钻进被窝里。

"老妈,这样铺可以吗？"

"啊啊。"老妈说完,顺手把被子拽到脑袋上把脸蒙住。

老爸在取暖桌旁边看着把被子蒙在脸上的老妈,脸上笑嘻嘻的。

我坐在老妈的枕边,心想说些什么好呢？其实,我是想核实她是否看了作文的后半部分。

嗒嗒嗒嗒……老妈的身体在被子里瑟瑟发抖。

见状，老爸仿佛要把迄今为止积压在心头的忍耐全部释放出来,一边哈哈大笑一边说：

"孩子他妈,你确实冒失鲁莽,动不动就翻脸发脾气啊,真不像话！啊哈哈哈……"

面对家里的异样气氛,我无精打采。然而说来也奇怪,我好像也受到感染似的,情不自禁地笑出了声,嘻嘻嘻……

突然,老妈把被子掀开。看到她脸上满是泪水

湿漉漉的样子,我倒吸了一口气。这时,她迅速朝我扑来,我拼命逃跑,可是裤腰上的皮带被她抓住了。紧接着,我那自称天使的老妈"啊呜"一口咬住了我的屁股。

"哎哟!"我疼得跳了起来,泪水猛地涌出眼眶。

我这分明是代人受过呀!老妈应该咬老爸的屁股才是。早知道是这样,还不如在作文里再加上这么一句:老妈,你确实不像话!

吓出了一身冷汗

　　我一直以为，老妈打骂孩子的原因，很少像电视剧或新闻报道的那样，当然即便类似也跟我无关。

　　我就要成为中学生了，最近个头猛地长高了不少，身材也显得魁梧了，警惕性也就稍稍松懈了，觉得老妈不会再对自己施暴了。然而，这世上总是会发生出乎意料的事，我濑间元太郎又将面临挨打的厄运了。

二月底的一个天气特别暖和的日子，但是天气变化异常的日子里往往会发生古里古怪的事。

我放学回到家里发现爸妈都不在家，然而电视机是开着的，餐桌上的杯子里沏有茶水，旁边还有小纸袋，里面放着烤焦的小甜饼。我顺手抓了两个塞到嘴里，可是说不清楚是什么滋味，如果要勉强说出是什么味道，好像是鱼粉和炒麦粉的混合味，反正一点也不好吃。我想把它吐出来，但是已经在嘴里了，干脆借助茶水把它咽到肚子里去算了。

我把书包放在桌上，正考虑去什么地方玩。这时，老妈回来了。

"啊，元太郎，回来啦。"

"嗯，我回来了，怎么，你觉得奇怪吗？"

我不高兴地说。可是老妈没有介意。

"哎，元太郎，跟老妈上街购物去，我一直在家等你呢！"

老妈的声音非常温柔。

"我回来时怎么没看见你在家呢？"

"别发脾气！一个老奶奶向我问路，我做向导带她走离开了一会儿。好了，我们走吧！"

"去哪里？"

"去百货商店。"

"给我买什么？"

"讨厌，你不是要成为中学生了吗？这可不像大男孩说的话。我是去预订你要的东西。"

"我的东西？"

"是啊，中学生校服。"

"啊，原来是这样！顺便给我买微型汽车模型好吗？"

"什么？"

"微型汽车模型。"

"哎哟哟，要多少钱？"

"算了。"

我突然改变了主意。上次老爸发奖金的时候，老妈已经知道这微型汽车模型的价钱了。想想当时的情景，如果再遭到拒绝，我会更加郁闷的。

这时，生命保险公司的保险推销员来我们家。

"那个……如果是动员我们买人寿保险的话，我们全家都不用了。"

我不知道这意思是婉言谢绝保险推销员。于是，这位保险推销员和老妈说：

"那个……你是说买过了啊，那我想问一下投的是哪家保险公司？"

"我们家讨厌人寿保险，曾有保险推销员缠着我们参加，冷不防挨了我们一顿揍。"

"啊……"

"总之，就是这么回事。如果孩子他爸在家，你最好戴上钢盔再来！请原谅！我家没有多余的钱。"

"夫人，人寿保险可不是你讨厌不讨厌的问题，而是家庭最起码的生活保障……"

"说讨厌就是讨厌，你再纠缠我可要动手了！"

"什么……"

"我是说要揍你！"

"实在对不起。"

　　保险推销员一脸惊讶的表情离开了。尽管那样，我还是觉得老妈的拒绝方法近乎野蛮。这事暂且放一下。接着，老妈就急匆匆地做好了出门准备。是啊，偶尔跟她去百货公司逛逛也可以。老妈对保险推销员撒谎说："家里没有多余的钱。"

　　这说法，我想一定是老爸的主意吧。过去跟老妈去百货商店购物，她时常叮嘱我别对老爸说，随后买好些个汉堡包收买我。现在，老妈整个上午都在超市里打工，按理说钱包应该是鼓鼓的。

　　不过，老妈毕竟是女人，由于出门时突然受到保险推销员的上门纠缠，情绪便不怎么好。

　　"什么人寿保险，太不吉利了！"

　　"为什么？"

　　"村越老师扬扬得意地说，她曾经动员某人加入生命保险，可是那人第二个星期就遇车祸去了天堂，于是家属领到许多补偿金，欣喜若狂……哎，元太郎，你那里有红笔吗？拿来给妈妈用一下。"

　　"嗯。"

我把红笔递给老妈。哎呀！老妈在我刚吃过的装有干松鱼味小甜饼的纸袋表面写道：

"有毒,不准吃,不准吃！"

我吓了一跳。

"等……等一下,老妈,是……是什么毒啊？"

"嘘！别啰嗦,是安眠药。"

"嘿！老妈,你是想害人吗？"

"别说话,别说话！"

"那样不好哟！"

"别说了,我过一会儿把道理讲给你听。"

别开玩笑！要是过后再说可能就无法挽回了。可是老妈只顾说这些,随后嘴巴并成"一"字形状,推着我走到门外。

"哎,老妈……"

我朝着正在锁门的老妈说。

"讨厌,讨厌！别啰嗦！跟在我后面走就行了。要是再说废话,我就给你点厉害尝尝！"

瞧,这样的老妈多可怕！

当老妈面对面跟我说话时，我俩已经乘上公交车了。我在乘车前十分焦虑，因为要是老妈动手，我可不是她的对手，也就一声没吭。

"哎，老妈……"

"啊啊，好了，已经没关系了。你想问毒药的事吧？那个呀，是掺入灭鼠药的饼干。老鼠这家伙脑袋灵活，能马上辨别出特意给它准备的毒饵。要是说出灭鼠药什么的，躲在天花板上的老鼠就会明白是什么意思。为此，我们不说灭鼠药，我们称它为新娘哟！是啊，老鼠听不懂这暗号是什么意思。老妈从小就是这么称呼它的！如果不小心说出灭鼠药之类的话，脸就会被大人打得五官都挤在一起啦。"

说心里话，我压根儿不明白老妈说的是什么意思。

"这……这……这……老妈，人要是吃了那玩意儿会怎样呢？"

"嗯，会变得目光凶狠。但是味道不好，大概不会有人吃的。"

"那，假设有人吃了，那会怎么样呢？"

"嗯……扑通……大概会立刻倒在地上吧！"

"呜呜！"

我吼道。不，不光我，不论谁到了这种地步都会吼叫的，不光吼叫，更担心脑袋里的思维变得离奇。也许是老妈担心地说我的脸上失去血色像纸那样苍白之类的话了吧！然而我觉得老妈的担心与她的后果假设好像大相径庭。

"咦，元太郎，你脸色不好啊，是晕车吗？小小年纪，还没怎么乘车你就晕车了，真拿你没办法！下车吧！要是在车上呕吐什么的那可就糟糕了！"

车到了下一站，我不顾一切地挤到门口跳下车，而后跳上迎面驶来的公交车，沿着来时的路线返回。老妈下车慢慢腾腾的，所以没能赶上我乘的那辆公交车。

我在大路上的车站下车后，只是一个劲地朝家的方向奔跑，虽说是往家里跑，但是不知道结果会怎样。当时也没思考那样的情况，可能是边哭边跑

吧。

然而我跑到家门口时，大吃一惊。本来上了锁的门却是虚掩着的，不过这并不是我大吃一惊的主要原因。因为老爸不知什么时候已经回来了，他整个身体呈一个"大"字形状躺在客厅，当然这也不是我大吃一惊的主要原因。我大吃一惊的，是进门后所见到的那个情景。

"老爸，老爸！"

我用力摇醒老爸。他睁开眼睛直起上半身，一边说话一边呼出冲天的酒精味。

"啊，是元太郎吗？水，给我一点水！嘿嘿嘿……哎，你老妈怎么啦？嘿嘿嘿，我啊，在网吧里把易拉罐啤酒拿到跟前。嗝！一百块硬币可以买五听罐装啤酒，每听售价是二十块。像我这样的幸运儿，在日本土地上很少见到。嗝！喂，水，水！"

儿子误食了灭鼠药，儿子体内的灭鼠药正在蔓延，儿子即将步入天堂。在如此悲壮的时刻，老爸却热衷于谈笑网吧里发生的事，实在是让我瞠目结

舌。

接下来的现象,让我更加吃惊了。

我目瞪口呆地看着老爸,看见他膝盖上有捏得皱皱巴巴的纸团,上面有老妈的红笔字:

"有毒……不准吃!"

"喂,喂,老爸! 这……这里面的东西呢?"

"什么? 啊,那个吗? 我把它当下酒菜吃到肚子里了。不好吃,味道有点像熟沙丁鱼。啊,怎么,是你的点心吗? 可是,老妈应该帮你买味道好一点的点心啊! 偏偏……"

"但……但……但是,你瞧! 那上面不是写了'有毒不准吃'的字吗?"

"胡说什么呀! 什么毒不毒的,开玩笑! 你以为只要写上有毒,我就会相信不吃了吗?嗝! 别笑! 嗝! 说有毒,不就是很少见到的鱼粉面包干嘛,根本没什么味道。那东西啊,不喝啤酒是吞不下去的。嗝! 喂,你磨磨蹭蹭干什么? 我一开始就跟你说了要喝水,快去把水拿来!"

我倒了一杯水，一边递给老爸，一边情不自禁地热泪盈眶：

"老爸。"

"什么事，正经点！"

"我，十多年来得到了你无微不至的关怀，如果死后去天堂，我们两个男人一定要手牵着手勇敢前进。"

"说什么？"

老爸脸上的表情犹如鸽子挨了子弹一般看着我，呆若木鸡，还没有意识到他也就要步入天堂了。简直是无药可救！

"老爸，我俩现在再拼命挣扎也无济于事，应该像男子汉那样坚持到生命的最后时刻。"

我再也忍不住了，说这话时已经哽咽了。好像是直到这时候，老爸才朦朦胧胧地明白我不是开玩笑。

"等等！元太郎，为了让我把话听明白，你冷静下来详细解释一下好吗？"

这时候，老妈板着脸走到房间里。倘若她乘上我后面那班公交车，也不至于这么晚回家，一定是平时养成的坏毛病又犯了，半路上站着跟别人张家长李家短地闲聊。

"哎，老妈，你在哪里逛街呀？我刚才的模样奇怪哩！你觉得到底是什么原因？"

"那原因我清楚，是晕车！"

"瞎说！你是把今生离别说成晕车了吧？"

"说什么呢！你这孩子有点夸大其词。什么啊？"

老妈说完一屁股坐到我的旁边，我立刻把那只空纸袋给她看。

"老妈，老爸把纸袋里的东西全吃到肚子里了！"

"啊？"

老妈的坐姿一下升高三十厘米左右，接着像枪膛里射出去的子弹那样朝门口跑去。

"你老妈怎么啦？这么大年纪嚷什么呀！啊，明白了，肯定是钱包忘在什么地方了！丢三落四的，真

拿她没办法……"

老爸还是没有意识到严重性。我决定向老爸摊牌，告知原委，要他坚持到最后一刻。

"老爸，请静下心来听我说好吗？"

"说什么呀？喂，我本来就很冷静，不冷静的人不就是你和你妈吗？"

"好了，你认真听我说，纸袋里装的饼干里面有灭鼠药，人吃了会立刻扑通倒地，因为这是剧毒灭鼠药……"

"什么？"

"听好了，那上面不是写了这样的话吗？'有毒，不准吃'。"

老爸一把从我手上夺过纸袋，把皱褶部位摊平，一个字一个字地读了起来。

"呜呜呜，啊啊啊……"老爸的眼珠子眼看朝外突出，失去血色的嘴唇白得像一张纸，全身直哆嗦，酒醉完全醒了。

"呜呜呜……"

"啊,老爸,不光你,我也吃了。"

"啊……嗝,嗝,嗝,元太郎!"

"老爸,老爸。"

我跟老爸紧紧拥抱在一起。他今年四十挂零,在这世上比我早来许多年,还是尝到了人间的幸福滋味的。可是我来到这世上的时间这么短,怎么办呢……

人,随着"哇"的一声啼哭来到世上,觉得好玩的时候又要上学读书了,读书,做功课,考试,没有一样是容易做的事,而且这期间又受尽了老妈的严格管教。

我呀,只是偶尔把工业糨糊添加到面膜膏里,绝对没有想过要用这样的方法报复老妈,而仅仅是突发奇想罢了。事发后也不容我解释清楚,就遭到老妈的巴掌和拳头伺候,被完全误解成另外的意思。

尽管那样,我一次也没有撕破脸报复过老妈,可是老妈却变本加厉地找我的碴。可以说,我打从上学开始就没有过一天舒心的日子。就这样去了,

我岂不是太冤了吗？再说，我六年的小学生活还没有交上个女朋友，没有女朋友送行，我就这样与人间永别太亏了。我要呐喊，上帝不公平，虚伪，骗子！

我想要的东西还有很多，比如书啦、微型汽车模型啦、微型照相机啦、手电钢笔啦、钥匙圈啦……

可是，去天堂的命运已经降临到我头上了。

"哟，元太郎……"老爸用哭泣的声音说道，"我喉咙里火辣辣的！"

"嗯，是的。"

"救护车怎么到现在还没来呀！你那糊涂老妈大概没把钱包带去所以没钱打电话吧？她简直不长脑子，怎么能把有毒的饼干放在桌上呢？我算服了她了！要是放在水池角落、厨房的地板角落，我们就是再怎么嘴馋也不会把它含到嘴里的是吧？"

"嗯，是呀！"

"我俩真不走运！"

"嗯。"

"我怎么会娶这样的妻子！"

"嗯。"

"我来世一定要娶贤惠的妻子，还让你做我的儿子。"

我相当沮丧，没有想这一问题。不论娶什么样的好妻子，老爸就是娶了矢田秋子那样妈妈……我也不愿意再跟着这位不靠谱的老爸啦，不然的话，结果还是跟现在不会有什么变化。

这当儿，"问题老妈"嘟哝着嘴发牢骚似的回来了，一看到我和老爸垂头丧气的表情后冷不防吼道："喂，你俩这是干什么？哭丧着脸！"

我很纳闷，刚才分明看见老妈心急火燎地跑出家门，现在……难道那情景不是真的？

好呀，我去了那边之后，每天夜里都会扮作妖怪出现在你面前……

可是，老妈好像没把我们当一回事，叹了口气说："幸运，幸运。"

"喂，喂，喂，医生是没来还是来了？"

老爸伤心地吼叫，老妈板着脸摇摇头。

"怎么办？你想看着我们就这样离开人世吗？"

老爸的吼叫里仿佛夹杂着吐血的声音。

"啊,老妈,我们会死吗？"

我颤抖着声音问。

"人啊,总有一天会死的。"

说完,老妈用轻蔑的眼神看着我。

"哼！不凑巧的是灭鼠药对人的身体根本不起作用！"

老妈说这番话时,那语气似乎对这样的结果表示遗憾:

"唉！医生批评说,我没把灭鼠药保管好。但是我想说的是,要批评应该批评你们父子俩！你俩都有贪吃的坏习惯,所以双双落到吞吃灭鼠药的地步,净给别人添乱！"

老妈好像没有想过打电话叫救护车,而是直接跑着去了医院问医生。

"啊,啊,啊！"

我和老爸不由得手拉着手在房间里转起圈来。

生活在这世上多么美好啊！

这时，我才突然感悟到老爸是最亲近的人。尽管他缺点多多，例如贪吃、爱喝酒、爱泡网吧和爱玩赛马彩票等，但是能真正跟我共同感悟生命重要性的，只有老爸。

相比之下，老妈是什么表情呢？她完全是藐视我们的眼神，嘴唇呈一字形状，嘴角堆有一丝令人憎恨的微笑。事件的起因，是老妈把灭鼠药饼干放在餐桌上才导致……她居然忘了灭鼠药是应该放在角落里的……

"简直太愚蠢了，这样的事不能说出去！"

我提醒说。我要是不把这话说在前面，十分钟过后，老妈很可能会像竹筒倒豆子那样全抖搂到邻居中川阿姨的耳朵里啦。

看着老妈，我在心底里暗暗发誓：

"听好了，老妈，你记住！从今往后，我一定遵守交通规则，挑战考试，爱护环境，报答你的'虐待之恩'。"

译 后 记

　　我喜欢日本现代儿童文学鼻祖山中恒创作的
"山中恒儿童成长小说"儿童文学作品，不只是因为
内容生动有趣，而是可以作为中国的第一读者借助作
家山中恒的"独特眼光"，走进山中恒视野，走进异国
少年儿童的心灵世界，跟着作家与孩子们一起喜怒哀
乐，感受他们的思想与情感，从而了解日本的学校教
育、家庭教育和社会教育的现状。

　　记得 2000 年再度赴日留学时，一个偶然的机会
路过青森县图书馆，走进该馆附属儿童图书馆时，看
到一个孩子正在翻阅山中恒的作品，并不时与旁边的
年轻母亲交流。长方书桌的周围有许多看书的孩子，

他们的旁边大多有母亲陪伴着。我装作路过顺便参观的模样从他们身后慢慢走过，了解他们在读些什么书。这时，传来母亲轻声轻气对正在翻阅山中恒书籍的儿子说的话："这书上的主人公妈妈有点像我吧？妈妈以后再也不打你了，当然你要学乖巧点。妈妈我呢，今后也要学会尊重你，凡是跟你有关的事，都要事先听你说……"听到这里，我怔住了。这书竟然有如此魅力！居然能让当母亲的在毛头小屁孩面前反省！打那以后，我开始关注起山中恒的作品来。我在网上找到了一些感言，其中一位老师读者感慨地说："我看山中恒的作品时，不敢在公共场所看，因为主人公的原型似乎就是我。"

几天后，我去图书馆借来了《六年级四班奇葩小组》《我是她，她是我》《寻找报复神》《哎呦，老妈》《阿壮想做男子汉》等作品进行系统性了解，评估这些作品的文学价值和社会意义以及发行量。我深深感受到，作品中揭示的日本家庭教育、学校教育和社区教育的专制现象、家长式作风，同样存在于我国的家庭教育、学校教育、社会教育等领域。我在翻译的过程中，有时流泪，有时叹气，有时惋惜，有时拍手，有时笑出了泪花，有时气呼呼地搁下笔，等到平静下来再译。

今天，上述作品里的主人公，外号叫"爱忘症""爱多嘴""爱打听""爱疯狂""爱搞笑""爱体育""爱扫兴""爱吹牛""爱哭精""爱冒失""爱转学"等六年级四班奇葩小组的成员，以及濑间元太郎、山上金也、细井壮、高木直矢、佐藤顺子、竹原宏明、斋藤一夫、斋藤一美、吉永和弥、梅村亮、中古太树、大川多惠、松村美纪、增山子太、草间由纪、会田健治、野原秀也、北川清太郎、西尾政之、平田秀一、古村夏代等鲜活的艺术形象，时常在我的脑海里涌现，他们说的心里话总是在我耳边萦绕，快乐和伤心时的神情不时地在我眼前浮现。

例如濑间元太郎的妈妈，只要一看到他，嘴里就会像唱山歌那样命令他:"元太郎,看书做功课!"在她的眼睛里,孩子放学之余不可以有其他爱好。她每次跟元太郎说话时,语气生硬,动辄巴掌伺候。她的丈夫呢,举止和态度同样粗暴,甚至用无聊的催眠术测试孩子的智商。夫妻间还时常为琐事吵架,使得元太郎难以静下心来学习。山上金也是在母亲的金钱诱惑下玩命地学习,成绩进步了,品行退步了,把同学间的相互帮助当作敛财机会。这样的家庭教育让孩子感到压抑,难怪元太郎在作文《我的妈妈》里写道:……妈妈只要能放下架子与我交谈,她应该能理解我的内心想法……

作为家庭教育和学校教育的主体,我们的教育者很少通过抽样调查的方法了解学生在学校里究竟学到了什么,很少向他们征询对任课教师的教学方法有什么建议,很少询问他们对家长的建议,很少问过他们自己对假日生活的设计,只会一味强迫他们接受我们作为老师、作为家长下达的最高指示,拒他们的心声于千里之外。

译者认为,在众多的文学作品中,山中恒的"山中恒儿童成长小说"堪称是对教育领域触及最深、对今天的教育改革最有帮助的精神食粮之一。用爱杜绝一言堂,用爱与孩子做好朋友,用爱倾听孩子的心里话,用爱触摸孩子的思想感情,与孩子永远保持共鸣,这是推进我们的家庭教育和学校教育人性化发展之路。

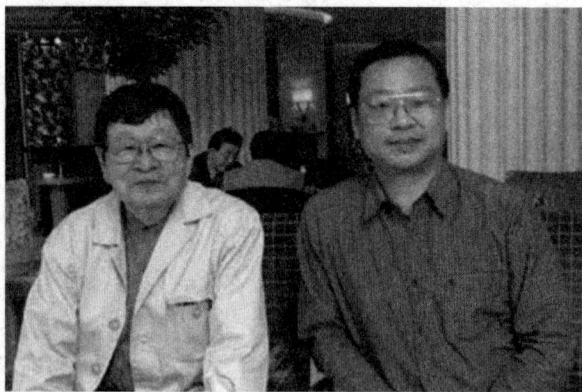

日本的山中恒粉丝俱乐部,拥有不计其数的会员。迄今为止,山中恒创作的儿童文学作品拥有不同

年龄、不同层次、不同领域的千万读者，山中恒也被誉为最受孩子爱戴的慈祥爷爷。

翻译上述文学作品累计用去了三年多时间，让我再次徜徉了山中恒的校园家庭成长文学世界。同时，这个系列作品的问世也凝聚了许多同仁的心血。谨此珍贵之机，请允许我感谢卓尔不凡的安徽少年儿童出版社为之付出辛勤劳动的出版工作人员，感谢我国广大读者对于"山中恒儿童成长小说"的青睐。

2016 年儿童节深夜于译鼎研究室